Rache auf dem Oybin

Lychatz Verlag

Klaus W. Hoffmann

Rache auf dem Oybin

Lychatz Verlag

Die Deutsche Bibliothek – CIP-Einheitsaufnahme

Klaus W. Hoffmann
„Rache auf dem Oybin“
Lychatz Verlag, Leipzig 2011
ISBN 978-3-942929-09-7

© 2012, Lychatz Verlag
2. Auflage

Satz: fgb · freiburger graphische betriebe
Ausstattung und Herstellung: Lychatz Verlag
Einbandkonzeption: Sven Lychatz
Lektorat: Stefanie Stöhr
Druck und Bindung: fgb · freiburger graphische betriebe

www.lychatz.com

Auf Leben und Tod

Der Weg der drei Reiter mit dem Packpferd führte in einen Wald. Nachdem sie eine Stunde lang in der Mittagsonne über Feldwege geritten waren, tat ihnen die schattige Kühle der Bäume gut.

Michael Parler führte die Gruppe an. Er war ein wettergegerbter, athletischer Typ, groß und breitschultrig, mit langen, blonden Haaren. Er war erst sechzehn, wirkte aber älter. Michael trug Stiefel, eine enge Hose, eine Tunika aus Leinen und die grüne Schürze der Goldschläger. Ihn begleiteten sein älterer Bruder Thomas Parler und sein Onkel Heinrich Parler. Die beiden waren ähnlich wie Michael gekleidet, trugen aber die blauen Schürzen der Steinmetze.

Die drei Reiter kamen auf dem schmalen, moorastigen Weg nur langsam voran. Michael hatte kein gutes Gefühl. Es hieß, dass in diesem Wald schon häufig Überfälle auf Reisende verübt worden waren. Die Räuber überfielen mit Vorliebe reiche Kaufleute oder nahmen sie fest, um Lösegelder zu erpressen.

Er war nicht sicher, ob sie nicht auch reisende Handwerker überfallen und ausrauben würden. Ihm war klar, dass sie trotz der Gefahr, die ihnen drohte, diesen Wald durchqueren mussten. Es gab keinen anderen Weg, der zum Kloster Oybin führte.

Michael hob warnend die Hand. Er hatte Geräusche gehört. Er glaubte, das Brechen von Zweigen und dann ein metallisches Klirren wahrzunehmen. Solche Geräusche verursachen bewaffnete Männer, die sich durch das Unterholz bewegen. Eine laute, dröhnende Stimme schallte durch den Wald: „Halt, keinen Schritt weiter!"

Michael blickte sich nach allen Seiten um, doch der Rufer blieb unsichtbar. Er stieg vom Pferd und zog sein Schwert. Auch Heinrich und Thomas hatten die Aufforderung verstanden, hielten ihre Pferde an und stiegen ab. Sie nahmen ihre Waffen aus den Satteltaschen – Heinrich sein Schwert und Thomas sein Steinbeil.

Da kamen sie aus dem Unterholz – sechs Männer. Sie umringten Michael und seine Gefährten und bedrohten sie mit Schwertern, Messern und Holzknüppeln.

Ein brutal aussehender Kerl, dessen magerer Körper in einem zerlumpten Bauernkittel steckte, ging auf Heinrich zu. Sein Mund hatte Ähnlichkeit mit einem Froschmaul, und seine Nase war lang und platt.

„Herzlich willkommen!", sagte er mit spöttischem Tonfall. „Ich bin Ekstein, der Herr dieses Waldes. Und die fünf Herren sind meine Freunde. Es ist uns eine Ehre, drei Herren aus der berühmten Parler-Familie in unserem Wald begrüßen zu dürfen. Meine Späher haben herausgefunden, dass ihr hier unterwegs seid."

„Das sind wir", antwortete Heinrich. „Und wir haben auch die Absicht weiterzureiten. Gebt den Weg frei!"

„Gern", sagte Ekstein. „Aber nur, wenn ihr uns für das Betreten unseres Waldes einen Wegezoll zahlt. Sagen wir 100 Dukaten."

„Glaubt Ihr wirklich, dass wir so viel Geld bei uns haben?", fragte Michael. „Und wenn …"

„Ihr stammt doch aus einer reichen Familie", unterbrach ihn Ekstein. „Die wird gern 100 Dukaten Lösegeld für eure Freilassung bezahlen."

„Heißt das, dass Ihr mich und meine Neffen als Geiseln festnehmen wollt, um ein Lösegeld zu erpressen?", fragte Heinrich.

Ekstein verzog sein Gesicht zu einem widerlichen Grinsen.

„So ist es. Ihr seid in unserem Waldlager als Gäste willkommen. Bis der Wegezoll gezahlt ist, dürft ihr unsere Gastfreundschaft genießen."

Diese Bemerkung ließ Eksteins Männer in ein schallendes Gelächter ausbrechen.

„Euch wird gleich das Grinsen und Euern Männern das Lachen vergehen", erwiderte Michael und startete einen Überraschungsangriff auf den Anführer der Wegelagerer. Er versuchte Ekstein zu entwaffnen und ihm die Klinge seines Schwertes an die Kehle zu setzen. Er dachte, so könnte er Ekstein vielleicht als Geisel nehmen und seine Männer zum Rückzug zwingen.

Aber der Anführer der Räuber wehrte Michaels Angriff mit seinem Schwert ab. Ihre Waffen klirrten gegeneinander. Dann versuchte Ekstein einen Stoß gegen Michaels Bauch. Der konnte dem Angriff des Räubers ausweichen.

„Nehmt sie fest!", befahl Ekstein seinen Männern. „Mit dem Knaben werde ich allein fertig." Er startete einen erneuten Angriff. Aber Michael parierte den Stoß, der seine rechte Schulter treffen sollte.

Thomas versuchte die Schläge eines Angreifers abzuwehren, der ihn mit einem Eichenknüppel attackierte. Es gelang ihm, mit seinem Steinbeil dem Räuber die Waffe aus der Hand zu schlagen. Dann tötete er ihn mit einem kräftigen Hieb.

Hinter seinem Rücken schlich sich ein anderer Räuber an ihn heran und wollte ihm seinen Dolch in den Rücken stoßen. Thomas hatte ihn kommen gehört, drehte sich geistesgegenwärtig um und konnte dem Angriff ausweichen. Er ging zum Gegenangriff über. Sein Steinbeil beherrschte Thomas nicht nur als Steinmetz-Werkzeug meisterhaft, sondern auch als Waffe im Kampf. Er traf seinen Gegner mehrmals mit der scharfen Schneide. Tödlich getroffen sank der Räuber zu Boden.

Heinrich musste sich gegen die Angriffe von drei Räubern wehren. Weil er sein Schwert sehr gut führte, schaffte er es, die Angreifer auf Distanz zu halten. Dann aber geriet er in eine gefährliche Situation. Er stolperte über eine Baumwurzel und fiel ins Gras. Dabei verlor er sein Schwert.

Diese Gelegenheit nutzte einer der Räuber, kam heran und attackierte ihn mit seinem Dolch. Gerade noch rechtzeitig kam Heinrich wieder auf die Beine. Der Angreifer versuchte ihm den Dolch in den Hals zu stoßen.

Heinrich sah die Waffe auf sich zu kommen und reagierte blitzschnell. Mit einer Bewegung seines linken Arms blockte er den rechten Unterarm des Räubers ab. Dann schlug er mit der rechten Faust hart gegen dessen rechte Armbeuge.

Der Angreifer war irritiert. Er stand nicht mehr so sicher auf den Beinen. Den Dolch hielt er aber immer noch in der Hand. Da traf ihn Heinrichs Faust mehrmals mit voller Wucht am Kopf. Er strauchelte und ließ seinen Dolch fallen. Heinrich setzte noch einen linken Leberhaken und eine Rechte zum Kinn des Räubers nach. Der fiel zu Boden und verlor die Besinnung.

Heinrich atmete schwer. Er hob sein Schwert wieder auf. In diesem Moment traf ihn die Dolchklinge eines der Räuber in den Rücken. Sie drang von hinten in sein Herz. Heinrich brach blutüberströmt zusammen. Er versuchte sich noch einmal aufzurichten, aber es gelang ihm nicht. Der Räuber hatte ihn tödlich getroffen.

Michael sah, wie sein Onkel Heinrich starb. Ihn durchfuhr tiefer Schmerz. Er bemerkte auch, dass sein Bruder Thomas von zwei Räubern attackiert wurde und sich mittlerweile in einer fast aussichtslosen Situation befand.

Michael konnte ihm nicht helfen, denn Ekstein war ein starker Gegner. Er griff ihn wieder an. Michael gelang es nur mit großer Mühe, einen Hieb abzuwehren, der auf seine Kehle zielte. Nachdem er diesen Angriff seines Gegners pariert hatte, attackierte der ihn mit weiteren wuchtigen Schlägen und Stichen. Michael geriet in große Bedrängnis, denn Ekstein war ein meisterhafter Schwertkämpfer.

Die beiden Räuber, die Thomas bedrängten, hatten ihn zu Boden gerissen und entwaffnet.

In diesem Moment tauchte hinter ihm ein junger Mann auf. Er hielt einen knorrigen Eichenknüppel in der Hand, und mit dem wusste er umzugehen. Mit aller Wucht stieß er ihn einem der Räuber in den Magen. Dann traf er mit zwei harten Schlägen seinen Kopf und seinen Hals. Tödlich getroffen brach der Mann zusammen.

Von dem Neuankömmling abgelenkt bemerkte der andere Räuber nicht, dass Thomas nach seinem Beil griff. Mit einer schnellen Drehung entwand er sich den Händen seines Gegners. Aber dann gab er einen lauten, schmerzerfüllten Schrei von sich und ließ das Steinbeil fallen. Der Dolch des Räubers hatte seinen linken Arm getroffen. Thomas verlor fast die Besinnung, konnte sich kaum noch auf den Beinen halten. Er wich einen Schritt zurück. Doch plötzlich stürzte der Räuber tödlich getroffen zu Boden. Der Eichenknüppel des Fremden hatte seinen Kopf getroffen.

Ekstein schaute sich auf dem Kampfplatz um. Ihm war nicht entgangen, dass die Parler-Familie Unterstützung von einem Fremden bekommen hatte. Mindestens vier seiner Leute waren tot. Er stand nun allein gegen zwei kampffähige und einen verwundeten Gegner und versuchte, seine Chancen abzuwägen.

Diesen Moment der Unaufmerksamkeit Eksteins nutzte Michael und griff ihn an. Der Räuber riss sein Schwert hoch und versuchte Michaels Stoß zu parieren. Aber seine Parade misslang. Die Klinge bohrte sich in seinen Bauch.

Ekstein gab einen dumpfen Schrei von sich. Er ließ das Schwert fallen und bedeckte seinen Bauch mit den Händen. Immer mehr Blut quoll aus der Wunde. Dann brach er tot zusammen.

Schwer atmend stand Michael vor dem toten Ekstein. Thomas und der Fremde traten an seine Seite. Mit ihrer Hilfe hatte er die Räuber im Kampf besiegt. Doch das gab ihm kein Gefühl der Befriedigung. Ihm war speiübel. Er hatte einen Menschen getötet. Zweifel kamen ihm, ob sie den Kampf gegen die Wegelagerer überhaupt hätten aufnehmen sollen. Die hätten sie als Geiseln genommen, aber sicher nicht getötet. Seine Familie wäre darüber informiert worden. Sie hätte sicher das geforderte Lösegeld für ihre Freilassung bezahlt.

Der Fremde nahm aus seiner Satteltasche ein Leinentuch und verband damit Thomas' Stichwunde.

Michael ging zu der Stelle am Waldrand, wo sein toter Onkel Heinrich lag. Thomas und der Fremde folgten ihm. Die drei

Männer verneigten sich vor dem Toten. Thomas sprach ein Gebet:

„O Herr, gib Heinrich Parler
und allen Verstorbenen die ewige Ruhe.
Und das ewige Licht leuchte ihm und ihnen.
Lass ihn und alle Verstorbenen ruhen in Frieden.
Amen.“

Michael schossen die Tränen in die Augen. Heinrich Parler war ihm und seinem Bruder Jahre lang nicht nur ein guter Lehrmeister und Familienangehöriger, sondern auch ein väterlicher Freund gewesen. Sein Tod stimmte ihn sehr traurig.

Heinrich Parler war einer der ganz Großen seiner Zunft gewesen. Er hatte sich als Baumeister des Ulmer Münsters einen Namen gemacht, und am Entwurf des Mailänder Doms war er gemeinsam mit Hans Parler und anderen Baumeistern ebenfalls beteiligt gewesen.

Heinrich Parler hatte sich aber nicht nur als Steinmetz und Steinbildhauer, sondern auch als Goldschläger einen Namen gemacht. Er beherrschte die Kunst, so dünne Goldplättchen zu fertigen wie kaum ein anderer Goldschläger.

Michael dachte an den Auftrag, den der Prior des Cölestinerklosters seinem Onkel Heinrich Parler erteilt hatte. Konnten er und sein Bruder Thomas ihn überhaupt ausführen? War Thomas in der Lage, ein so kunstvolles Tympanon zu fertigen, wie der herausragende Steinbildhauer Heinrich Parler es gekonnt hätte? Michael war sich da nicht so sicher. Sie hatten viel von ihm gelernt, aber die Auftragsarbeit im Oybiner Kloster mussten sie nun zum ersten Mal ohne ihn erledigen.

Onkel Heinrich hatte ihm über die Cölestinermönche, die im Kloster auf dem Oybin lebten, einiges erzählt. Er war beim Bau des Klosters als Baumeister dort gewesen.

Die Cölestiner lebten nach der Benediktsregel. Ihr klösterliches Leben wurde von vollkommener individueller Armut, äußerst strikten Fastenregeln und strengen Bußübungen bestimmt. Gottesdienste und Andachten wurden zu Tages- und Nachtzeiten abgehalten.

Michael konnte sich nicht vorstellen, so zu leben. Aber als Handwerker würden sie ja Gäste der Cölestiner sein. Und Gäste, so hatte Onkel Heinrich ihm erzählt, müssten sich den strengen Regeln des Klosterlebens nicht unterwerfen.

Thomas, Michael und der Fremde standen noch eine Weile schweigend vor dem toten Heinrich Parler. Dann sagte Thomas: „Fremder, ich danke Euch, dass Ihr uns im Kampf gegen die Wegelagerer so tatkräftig zur Seite gestanden habt. Ich bin Thomas Parler. Mein jüngerer Bruder heißt Michael. Wie ist Euer Name?"

„Mein Name ist Andreas Ruus!", sagte der junge Mann, der den Eichenknüppel wie ein Schwert geführt hatte und auch die blaue Schürze der Steinmetze über seiner Tunika trug. „Seid ihr Steinmetze aus der berühmten Parler-Familie?"

„Ja", antwortete Thomas, „ich bin Steinmetz, mein Bruder ist Goldschläger. Der berühmteste Steinmetz unserer Familie ist Peter Parler. Er ist der Baumeister des Prager Veitsdoms und hat auch den Bau einiger anderer bedeutender Bauwerke geleitet. Auch unser Onkel Heinrich war ein berühmter Baumeister. Es schmerzt mich so sehr, dass wir ihn verloren haben."

Thomas ging auf Andreas zu, umarmte ihn und sagte: „Danke für Eure Hilfe." Auch Michael umarmte ihn dankbar.

„Ich bin auf dem Weg zum Kloster Oybin", sagte Andreas. „Als ich eine Zeit lang durch diesen Wald geritten war, hörte ich Geräusche von klirrenden Schwertern, von Männerstimmen und ängstlich wiehernden Pferden. Als ich den Kampfplatz erreichte, sah ich, dass ihr es gegen eine Überzahl von Wegelagerern aufgenommen hattet. Ihr wart in Bedrängnis und ich habe mein Bestes getan, um euch zu unterstützen."

„Ihr tragt die blaue Schürze der Steinmetze. Gehört Ihr zu unserer Zunft?", fragte Thomas.

„Ja, ich bin gelernter Steinmetz", erwiderte Andreas, „ein wandernder Handwerker, der versucht, mal hier, mal dort Arbeit zu finden. Ich habe gehört, dass das Kloster Oybin immer noch eine große Baustelle ist. Vielleicht kann ich dort arbeiten."

„Auch wir sind auf dem Weg zum Kloster Oybin", erklärte Thomas. „Wir haben vom Prior Petrus Zwicker den Auftrag bekommen, die Klosterkirche zu verschönern. Einen fähigen Steinmetz könnten wir noch als Mitarbeiter gebrauchen…"

„Ich bin euer Mann", unterbrach ihn Andreas.

„Das ist ein Wort", sagte Thomas. „Was meinst du, Michael, passt er zu uns?"

Michael stimmte freudig zu.

Inzwischen war der Räuber, den Heinrich Parler niedergeschlagen hatte, wieder aufgewacht. Mühsam versuchte er sich aufzurichten. Dabei stöhnte er leise. Er war der einzige Wegelagerer, der den Kampf mit den Steinmetzen überlebt hatte.

Als er sah, dass seine Freunde tot waren, versuchte er zu fliehen. Mit einigen schnellen Schritten hatten Andreas und Michael ihn eingeholt und zu Boden geworfen.

„Hast du geglaubt, wir lassen dich laufen?", fragte Michael. „Bevor wir entscheiden, was mit dir geschehen soll, kannst du deine toten Freunde begraben."

Zum Handwerkszeug, mit dem die Parlers ihr Packpferd beladen hatten, gehörten auch zwei Schaufeln. Michael reichte Andreas eine.

„Begleite bitte den Herrn zu einem geeigneten Platz", sagte Michael. „Er soll für seine Leute ein Grab ausheben."

„Das mache ich doch gern", sagte Andreas und trieb den etwas störrischen Räuber über einen Trampelpfad weiter in den Wald hinein, während sich Michael um Thomas' Wunde kümmerte.

Nach einer Stunde kehrte Andreas mit dem Gefangenen und zwei Pferden zurück. Thomas und Michael staunten nicht schlecht.

„Kannst du uns mal erklären, wie du zu den Pferden gekommen bist?", fragte Michael. „Ich glaube nicht, dass sie zum Wildbestand dieses Waldes gehören. Oder?"

„Das kann ich euch erklären", antwortete Andreas grinsend.

„Nachdem ich mit unserem Freund einen kleinen Waldspaziergang gemacht hatte, erreichten wir eine Lichtung. Dort war das Lager der Räuberbande. Drei einfache Hütten und eine Feuerstelle. Das Lager war bis auf diese zwei Pferde verlassen."

„Hatte Ekstein dort keine Wache aufgestellt?", fragte Thomas erstaunt.

„Nein", antwortete Andreas. „ Er muss sich wohl sehr sicher gewesen sein, dass er und seine Leute mit euch als Geiseln in kürzester Zeit wieder in ihr Lager zurückkehren würden."

„Hat unser Freund auch fleißig gegraben?", fragte Thomas.

„Ja", erwiderte Andreas. „Er hat neben der Feuerstelle des Lagers eine tiefe Grube ausgehoben."

„Gut!", sagte Thomas, und an den Räuber gewandt: „Du lädst deine toten Freunde auf die beiden Pferde. Dann bringst du sie zum Lager deiner Bande und begräbst sie dort. Hast du mich verstanden?"

Der Räuber nickte unterwürfig.

„Andreas, begleite ihn doch bitte und pass auf, dass er nicht zu fliehen versucht. Bring ihn und die Pferde wieder mit!"

„Gern!", sagte Andreas. Er half dem Räuber, die Leichname auf die beiden Pferde zu laden. Dann befahl er ihm, eins der Pferde am Zügel über den Trampelpfad zum Räuberlager zu führen. Andreas folgte ihm mit dem zweiten Pferd.

Als die beiden Männer im Wald verschwunden waren, nahm Michael die zweite Schaufel vom Packpferd.

„Kannst du mir mal sagen, was du damit vorhast?", fragte Thomas.

„Ich möchte für Onkel Heinrich ein Grab ausheben", antwortete Michael. „Ich glaube, dort drüben, in der Nähe der Baumgruppe, ist ein guter Platz."

„Ein guter Platz?", fragte Thomas. „Du willst doch Onkel Heinrich nicht etwa hier am Waldrand verscharren?"

„Hast du eine bessere Idee?", antwortete Michael etwas kleinlaut.

Thomas nickte.

„Ja, wir nehmen ihn mit."

„Ins Kloster?"

„Lieber nicht! Ich weiß nicht, ob die auf dem Oybin überhaupt einen Friedhof haben und wenn ja, dann werden sie dort sicher nur Mönche bestatten."

„Und wohin dann?"

„Wir bringen ihn ins nächste Dorf. Auf unserem Weg zum Oybin müssten wir bald Gabel erreichen."

„Genau! In Gabel gibt es sicher eine Kirche, einen Pfarrer und einen Friedhof. Dort lassen wir Onkel Heinrich richtig bestatten. So, wie ein guter Christ es verdient hat."

Thomas und Michael hüllten Heinrich Parlers Leichnam in eine Decke und luden ihn auf ihr Packpferd.

Bald kam auch Andreas mit dem Räuber und den beiden Pferden aus dem Wald zurück. Gemeinsam machten sie sich auf den Weg nach Gabel.

Die beiden Pferde der Räuber nahmen sie mit. Eins diente ihnen als weiteres Packpferd. Auf dem anderen durfte der gefangene Räuber reiten. In Gabel wollten sie ihn dem Amtmann übergeben.

н

Ankunft in Oybin

Am Nachmittag trafen die Parler-Brüder und der Steinmetz Andreas mit ihrem Gefangenen, den erbeuteten Pferden und dem Packpferd, auf dem Heinrich Parlers Leichnam lag, in Gabel ein. Sie ritten durch den kleinen Ort und erreichten den Marktplatz. Am Amtshaus, das am Rande des Platzes stand, hielten sie an und stiegen aus den Sätteln. An der Vorderseite des Hauses waren Metallringe angebracht. Daran banden sie ihre Pferde an.

Der Amtmann, ein wohlbeleibter älterer Beamter, hatte ihr Kommen bemerkt und die Tür des Amtshauses geöffnet. Er bat sie herein und erklärte ihnen, dass er hier im Ort für alle Amtsgeschäfte und die weltliche Gerichtsbarkeit zuständig ist.

Thomas erzählte ihm, was sie im Wald mit den Wegelagerern erlebt hatten. Der Amtmann kannte, wie er sagte, Eksteins Räuberbande und wusste von ihren Überfällen. Er hatte aber bisher, obwohl der Wald zu Gabel gehörte, nichts gegen sie unternommen. Angeblich, weil er nicht genügend Leute hatte.

Michael vermutete, dass er sich nicht mit den Wegelagerern anlegen wollte und vielleicht sogar an ihrer Beute beteiligt war. Der Amtmann ließ den Räuber von einem seiner Untergebenen in das Verlies des Dorfes sperren. Er versprach, ihn zu verhören und über ihn zu richten. Die Pferde der Wegelagerer übernahm er und wollte, wie er sagte, sie in dörfliches Eigentum überführen. Michael konnte sich eher vorstellen, dass er sie sich selbst aneignen und später verkaufen wollte.

Als der Amtmann erfuhr, dass er zwei Familienangehörige der berühmten Parler-Familie in seinem Dorf zu Gast hatte, bot er ihnen gleich eine Übernachtung in seinem Haus an und sorgte dafür, dass Heinrich Parlers Leichnam am anderen Morgen vom Pfarrer mit dem Segen der Kirche in der geweihten Erde des Dorffriedhofs bestattet wurde. So fand der berühmte Baumeister auf dem Friedhof des kleinen Dorfes Gabel seine letzte Ruhe.

Nach der Beerdigung verließen Thomas, Michael und Andreas den Ort und ritten weiter nach Oybin. In der Mittagszeit passierten sie das Dorf und erreichten den Hof einer Meierei. Von dort aus konnten sie schon die Klosteranlage sehen, die oben auf dem Berg lag.

Sie ritten auf drei Männer zu, die an einem Brennofen mit der Herstellung von Ziegeln beschäftigt waren: zwei Mönche und ein Bauarbeiter.

Der ältere Mönch, der die beiden anderen Männer anscheinend beaufsichtigte, begrüßte die Ankömmlinge, indem er seine Hände faltete und eine sehr tiefe Verbeugung machte. Der junge Mönch und der Bauarbeiter taten es ihm gleich und wandten sich dann wieder ihrer Arbeit zu.

„Gott segne euch, Fremde!", sagte der ältere Mönch.

Er war ein großer, hagerer Mann mit asketischem Gesicht, trug eine weiße Kutte mit einem schwarzen Überwurf. Auch der junge Mönch war so gekleidet.

Michael bemerkte, dass der ältere Mönch sich streng an die Benediktsregel hielt, die auch für die Cölestinermönche galt, die in diesem Kloster lebten. Diese Ordensregeln schrieben vor, dass Fremden mit tiefer Demut zu begegnen sei und dass man ihnen Gottes Segen wünschen soll.

Michael kannte dieses Begrüßungsritual. Sein Onkel Heinrich hatte ihn darüber informiert. Auch Michael, Thomas und Andreas falteten ihre Hände in Brusthöhe und verneigten sich.

„Mein Name ist Thomas Parler", stellte sich Michaels Bruder vor. „Gott segne Euch! Die Männer, die mich begleiten, sind mein Bruder Michael und unser Mitarbeiter Andreas Ruus. Ein Bote Eures Priors kam zu uns nach Prag und hat uns einen Bauauftrag überbracht. Wir hatten dem Boten einen Brief mit unserer Zusage mitgegeben. Und nun sind wir hier."

„Prior Petrus hat mich über euer Kommen und über eure Arbeit informiert", erwiderte der ältere Mönch. „Ihr habt den Auftrag, Blattgold herzustellen, um damit die Gewölberippen unserer Klosterkirche zu verschönern. Außerdem sollt ihr ein Tympanon für das Portal unserer Klosterkirche fertigen."

Michael warf einen Blick auf die Tätigkeit, die der Bauarbeiter und der junge Mönch verrichteten. Sie füllten nassen Lehm in Formen. Dann glätteten sie sie mit Holzbrettchen.

Michael fiel auf, dass der Bauarbeiter, ein kleiner, stämmiger Mann, sein Handwerk, die Herstellung von Ziegeln, meisterhaft verstand. Auch der junge Mönch verrichtete seine Arbeit mit großem handwerklichen Geschick.

„Könnt Ihr uns zu Eurem Prior Petrus führen?", fragte Michael den älteren Mönch.

„Das kann ich", antwortete der. „Ich will uns aber erst einmal vorstellen: Der Bauarbeiter, der hier die Ziegel fertigt, heißt Rupert. Der junge Mann, der ihm zur Hand geht, heißt Simon. Er ist Novize. Und ich bin Bruder Anselm, der Cellerar unseres Klosters. Ich bin hier, um die Arbeit der beiden einzuteilen und zu überprüfen. Als leitender Verwalter des Klosters bin ich über alles informiert, was hier geschieht oder geschehen soll."

Der Cellerar schaute Michael, Thomas und Andreas mit einem skeptischen Blick an. So, als ob er sagen wollte, dass er diesen jungen Leuten die Herstellung von Blattgold und eines Tympanons nicht unbedingt zutraute.

Er sagte aber: „Folgt mir! Ich führe euch zu Prior Petrus!" Und an den Novizen gewandt, der damit beschäftigt war, geformten Lehm in den Brennofen zu schieben: „Novize Simon, du begleitest uns bis zum oberen Burghof. Dann bringst du die Pferde unserer Gäste zum Stall und versorgst sie."

Der Novize nickte und wusch sich mit Wasser aus einem großen Fass die Hände. Dann trocknete er sie mit einem nicht mehr ganz sauberen Tuch.

Bruder Anselm warf einen Blick auf Thomas' verletzten und notdürftig verbundenen Arm.

„Euer Verband ist durchgeblutet, junger Mann!", stellte er fest. „Ihr braucht dringend einen neuen."

Thomas nickte.

„Meine Armverletzung schmerzt immer noch", sagte er. „Kann mir einer Eurer Brüder die Wunde säubern und neu verbinden?"

„Das können alle Mönche hier im Kloster", antwortete der Cellerar. „Der heilige Benedikt hat festgelegt, dass die wichtigste Pflicht aller Mönche die ist, den Kranken zu helfen. Deshalb können wir Wunden behandeln und beschäftigen uns in unserem Klostergarten mit der Kräuterheilkunde. Aber besonders gut ausgebildet ist Bruder Johannes, unser Krankenmeister."

„Wo finde ich ihn?", fragte Thomas.

„Wenn wir im oberen Bereich der Klosteranlage angekommen sind, werde ich Euch zeigen, wo Ihr ihn findet ", antwortete der Cellerar.

„Vielen Dank, Bruder Anselm", sagte Thomas und deutete eine leichte Verbeugung an.

„Wir sollten aufbrechen", drängte der Cellerar.

Die dreiköpfige Reitergruppe und der Novize Simon folgten ihm im Schritttempo.

Michael war neugierig auf den Prior, den er bald persönlich kennen lernen würde. Er hatte gehört, dass Petrus Zwicker seit Jahren nicht nur im Oybiner Kloster das Amt des Priors ausübte, sondern im Auftrag des Papstes auch als Inquisitor tätig war. Er reiste in die Gegenden, in denen sich Waldenser angesiedelt hatten, verhörte und richtete sie.

Die Waldenser hatten sich von der katholischen Kirche abgewandt, erkannten den Papst in Rom und alle ihm untergeordneten Amtsträger nicht an, lehnten alle Kirchensatzungen ab und lebten nur nach dem Auftrag, den Jesus Christus seinen Jüngern erteilt hatte: Verkündet das Evangelium allen Geschöpfen. Michael verstand nicht, dass sich die Waldenser vor Inquisitoren wie Petrus Zwicker dafür als Ketzer verantworten mussten.

Angesengtes Holz und ein blutbeschmiertes Messer

Bruder Anselm und Novize Simon schritten zügig voran. Die Reiter folgten. Ihr Weg führte an Wirtschaftsgebäuden vorbei, durch einen Steinbruch hinauf zum Ritterweg.

„Novize Simon, Ihr seid so schweigsam, warum redet Ihr nicht?", fragte Michael neugierig.

Simon schaute Bruder Anselm Hilfe suchend an. Der lächelte und antwortete für ihn: „Simon ist auch als Novize schon an das Schweigegelübde unseres Cölestinerordens gebunden. Nur der Prior und ich sind davon befreit. Novize Simon ist erst seit zwei Wochen im Kloster Oybin. Vor vier Tagen wurde er als Novize bei uns aufgenommen. Wenn er sich bewährt, leistet er nach zwölf Monaten die Profess, das ewige Gelübde, und wird dann gleichberechtigter Bruder in unserer Ordensgemeinschaft."

„Wenn das so ist", sagte Michael, „dann will ich ihn auch nicht zum Reden verführen."

Er schaute zu der Bauhütte, die in unmittelbarer Nähe der Felswand stand. Hier waren in der nächsten Zeit ihre Arbeitsplätze. Thomas und Andreas mussten einen passenden Stein für das Tympanon aus der Wand brechen und bearbeiten. Er würde sich mit der Herstellung des Blattgoldes beschäftigen und später damit die Gewölberippen der Kaiserkapelle verzieren.

Sie erreichten eine Wehrmauer und einen Torturm mit einer Zugbrücke. Die führte über eine Schlucht.

Michael schaute hinunter in die Tiefe und entdeckte etwas, das seine Aufmerksamkeit erregte.

„Thomas", sagte er zu seinem Bruder, „schau dir mal den Stützpfeiler da unten an. Den hat unser Großonkel Peter Parler damals bauen lassen. In der Zeit, als auch mit dem Bau der Klosterkirche begonnen wurde."

„Meisterliche Arbeit", sagte Thomas anerkennend. „Die Steine sind sehr sauber gemauert. Auch die Eingriffslöcher für die Hebezange fehlen nicht."

Sie überquerten die Zugbrücke, durchquerten den ersten Torturm und kamen in die Vorburg. Sie passierten die Rossmühle, ein Gebäude mit massiven, dicken Wänden, Schießscharten, Fachwerk und einem Holzschindeldach.

Michael sah, dass neben dem Haus, vor einer hohen Felswand, zwei Pferde im Kreis herum liefen, ein Holzdrehkreuz bewegten und so die senkrechte Welle eines mechanischen Gerätes in Drehung brachten. Das ist ein Göpel, dachte er.

Durch die Drehung der Antriebswelle des Gerätes wurde ein starkes Seil und ein daran befestigtes Holzbündel nach oben transportiert. Das Seil lief über eine Rollenkonstruktion, die oben an der Mauer des auf dem Felsen stehenden Turmes befestigt war. Zwei Knechte passten auf, dass das Transportgut auch oben ankam und von einem oben wartenden Arbeiter angenommen wurde.

Michael dachte, dass es sicher möglich sein müsste, mit diesem einfachen Aufzug auch Werkzeug und Material, das er für die Anbringung des Blattgoldes in der Kaiserkapelle benötigte, nach oben zu ziehen.

Sie gingen weiter. Ihr Weg führte an einem Wagenschuppen vorbei, der unter einem Felsen stand. Dort waren ein Pferdeschlitten, zwei Lastenwagen und ein komfortabler Reisewagen geparkt.

Michael schaute sich den Reisewagen genauer an. Die Karosserie hatte eine Plane, war mit rotem Samt ausgelegt und an Ketten aufgehängt.

Der Cellerar bemerkte, dass Michael sich für den Wagen interessierte, und erklärte: „Mit diesem Wagen reist unser Prior. Bruder Petrus ist nicht nur Prior unseres Klosters, er führt auch als Richter den Vorsitz bei Prozessen gegen Abtrünnige unserer heiligen römischen Kirche. Die muss er verhören und versuchen, sie wieder auf den richtigen Weg zurückzuführen. Diese Tätigkeit zwingt ihn zu weiten Reisen. Erst vor zwei Wochen ist er aus Angermünde zurückgekehrt."

Michael trat näher an den Reisewagen des Priors heran und sah, dass an der Karosserie ein blutbeschmiertes Messer und ein angesengtes Stück Holz hingen. Michael fiel auf, dass das Messer einen gedrehten Metallgriff und zwei Haken am Griffende hatte.

„Euer Prior scheint ja einen makabren Humor zu haben", sagte er. „Warum schmückt er seinen Wagen mit solchen Sachen?"

Bruder Anselm schaute mit einem entsetzten Blick auf das blutbeschmierte Messer und das angesengte Stück Holz.

„Herr im Himmel!", sagte er mit bebender Stimme. „Prior Petrus hat seinen Wagen nicht mit dem Messer und dem Holz geschmückt. Nur Waldenser benutzen diese Sachen – als Symbole der Drohung und der Rache."

Der Cellerar löste den Knoten des Seils, mit dem das Holz und das Messer an dem Reisewagen des Priors befestigt waren. Er zog aus einer Tasche seiner Kutte ein Tuch und wickelte die Sachen darin ein.

„Ihr solltet diese Symbole Eurem Prior zeigen", bemerkte Michael. „Er wird sicher nicht sehr erfreut darüber sein."

„Ich werde ihm die Sachen geben", erwiderte der Cellerar.

„Glaubt Ihr, dass ein Waldenser das Holz und das Messer an den Wagen gehängt hat?", fragte Michael.

Bruder Anselm nickte.

„Einer dieser Ketzer muss in unser Kloster eingedrungen sein", sagte er mit erregter Stimme. „Mit diesen Rachesymbolen will er unserem Prior drohen."

„Hat denn Euer Prior einen waldensischen Rächer zu fürchten?", fragte Thomas.

Der Cellerar schien seine Frage nicht gehört zu haben. Er war in Gedanken versunken und schwieg. Michael vermutete, dass Bruder Anselm nicht darüber reden wollte.

Die Gruppe der Fußgänger und der Reiter setzte sich wieder in Bewegung. Der Cellerar führte sie durch das Haupttor der Klosteranlage. Es musste wieder eine Zugbrücke überquert werden. Die Wehrmauer des Haupttores war so gebaut, dass sie oberhalb des Felsens bis an den Rundturm des oberen Klosterbereiches reichte.

Sie gingen weiter. Der Weg wurde links und rechts von hohen Mauern flankiert. Vor dem nächsten Tor war er teilweise mit Holzbohlen belegt, die über eine tiefe Grube führten. Dieser Holzweg endete an einem gemauerten Pfeiler.

Sie erreichten den dritten Torturm. Aber zwischen ihnen und dem Turm tat sich ein Abgrund auf. Ihr Weg schien hier zu enden, denn die Zugbrücke war hochgezogen.

Bruder Anselm gab dem Turmwächter, der auch Pförtner der oberen Klosteranlage war, ein Zeichen. Der nickte und ließ die Zugbrücke herab. Sie senkte sich langsam auf die Pfeiler.

Die Gruppe durchquerte den Turm und erreichte über einen Weg, der von hohen Felswänden eingerahmt war, ein Steinhaus mit rauchendem Schornstein.

„Wer wohnt in diesem Haus?", fragte Michael den Cellerar.

„Das Gesinde", antwortete Bruder Anselm. „Zehn Männer und Frauen, die handwerkliche Arbeiten erledigen und für die Bewirtschaftung der Klosteranlage sorgen."

Die Tür des Gesindehauses war geöffnet. Kochdunst drang nach draußen.

Der Cellerar führte die Gruppe über eine breite Treppe mit flachen Stufen weiter zum oberen Bereich der Klosteranlage hinauf. Michael hielt sein Pferd an und schaute skeptisch auf die Stufen.

„Ihr könnt im Sattel sitzen bleiben", erklärte Bruder Anselm. „Diese Treppe ist so gebaut, dass man über sie nicht nur zu Fuß, sondern auch als Reiter oder mit Pferd und Wagen den Burghof erreichen kann."

Michael entdeckte rechts am Rand der Treppe eine Wasserrinne, die mit Brettern abgedeckt war, und eine Zisterne.

„Bruder Anselm, warum ist die Rinne mit Holz abgedeckt?", fragte Thomas.

„Damit die Pferde nicht in das fließende Wasser treten können", antwortete der Cellerar. „Über die Wasserrinne kann Regenwasser zur Zisterne fließen."

Die Zisterne war ein dreieckiges Wasserbecken, das Bauarbeiter aus der Felswand geschlagen und überdacht hatten. Auf der linken Seite wurde sie durch eine Mauer begrenzt. Im Wasser schwammen einige Fische. Es roch nicht gut.

„Ich würde dieses Wasser nicht trinken", bemerkte Thomas.

„Es ist auch kein Trinkwasser", erwiderte der Cellerar. „Das Wasser der Zisterne benutzen wir als Brauchwasser und auch als Löschwasser, wenn mal ein Feuer ausbricht."

„Und woher nehmt ihr euer Trinkwasser?", wollte Michael wissen.

„Aus dem Brunnenhaus", antwortete der Cellerar. „Das befindet sich in einer Senke in der Nähe des Friedhofs."

Auf ihrem Weg zum oberen Burgbereich passierte die Gruppe die Badestube und das Schlachthaus und erreichte wieder einen Torturm. Sie musste eine weitere Zugbrücke überqueren und kam in den oberen Burghof. Hier standen ein Wohnturm, mehrere Wohnhäuser, Gebäude zur Bewirtschaftung und Klosterbauten.

Der Cellerar fühlte sich nun verpflichtet, den Gästen wieder einige Erklärungen zu geben.

„Bevor Kaiser Karl IV. im Jahre 1366 des Herrn hier oben unser Kloster bauen ließ, stand hier schon eine Burg. Bauherr und späterer Nutzer des Wohnturms war Heinrich von Leipa. Baubeginn war im Jahr 1311 des Herrn. Die Bauarbeiten zogen sich über viele Jahre hin. Besitzer der Burg war der böhmische König, aber Heinrich von Leipa durfte sie bewohnen. "

„Wohnt heute Prior Petrus in dem Turm?", fragte Michael.

„Nein, er wohnt im Kaiserhaus", erwiderte der Cellerar. „Ich werde euch gleich zu ihm führen. Im Untergeschoss des Wohnturms hat aber Bruder Johannes, unser Krankenmeister, seine Räume."

„Finde ich Bruder Johannes dort?", fragte Thomas.

„Er müsste im Wohnturm sein", erwiderte der Cellerar. „Geht zu ihm und sagt ihm, ich hätte Euch geschickt. Bruder Johannes wird Eure Wunde säubern und Euch einen frischen

Verband anlegen. Er wird aber nicht mit Euch reden, denn auch er muss sich an unser Schweigegelübde halten."

„Danke", sagte Thomas, stieg von seinem Pferd und übergab Michael die Zügel. Dann steuerte er den Wohnturm an.

Auch Michael und Andreas waren aus den Sätteln ihrer Pferde gestiegen.

„Wo können wir unsere Pferde unterbringen?", fragte Michael den Cellerar.

„Wir haben hier oben einen Pferdestall", antwortete Bruder Anselm, und an den Novizen gewandt: „Bruder Simon, kümmere dich um die Pferde der Gäste. Führe sie in den Stall. Gib ihnen Heu und Hafer zu fressen und Wasser zu trinken."

„Kann einer von euch Simon beim Versorgen der Pferde helfen?", fragte der Cellerar.

Andreas sagte: „Ich begleite den Novizen."

„Gut", meinte Michael, „dann möchte ich Bruder Anselm bitten, mich zum Prior zu bringen."

„Folgt mir!", sagte der Cellerar und führte Michael in das Kaiserhaus.

Vor den Räumlichkeiten des Priors ließ er ihn warten.

„Einen Moment bitte noch", sagte der Cellerar. „Ich melde Euch an."

Er klopfte an die Tür von Zwickers Amtsstube, und als er die Stimme des Priors hörte, ging er hinein.

Der Cellerar wird wohl seinem Vorgesetzten erst einmal das blutbeschmierte Messer und das angesengte Stück Holz überreichen, dachte Michael. Wie er wohl auf diese Drohung reagiert?

Nach einigen Minuten kam der Cellerar wieder zurück. „Unser Prior möchte Euch empfangen", sagte er und führte Michael in die Amtsstube des Petrus Zwicker.

„Prior Petrus betet noch im Nebenraum vor seinem kleinen Altar", sagte Bruder Anselm. „Wartet noch einen Moment hier im Versammmlungsraum!"

Michael schaute sich im Raum um. An einer Wand hingen zwei Tafeln mit Ölgemälden. Eine zeigte verschiedene Päpste, auf der anderen waren römische Kaiser abgebildet.

Und dann betrat Petrus Zwicker den Versammlungsraum seiner Amtsstube und musterte seinen Gast mit einem abschätzenden Blick. Michael hatte das Gefühl, dass sein Blut gefrieren würde, wenn er dem eiskalten Blick des Priors längere Zeit standhalten müsste.

Petrus Zwicker war ein kleiner, schmächtiger Mann mit ausgeprägten Gesichtszügen und einem kantigen Kinn. Die Spärlichkeit seiner strohfarbenen Haare verriet, dass er die fünfzig überschritten haben musste.

Der Cellerar faltete seine Hände und machte eine tiefe Verbeugung vor dem Prior. Michael fand diesen Mann sehr unsympathisch. Auch er faltete seine Hände, deutete aber nicht einmal eine Verbeugung an.

Der Prior überging das Begrüßungsritual der Cölestiner und sagte mit einer Stimme, die genauso eiskalt war wie seine Augen: „Seid gegrüßt! Was führt Euch zu mir?"

„Euer Auftrag, ehrwürdiger Vater", antwortete Michael. „Mein Bruder Thomas, der Steinmetz Andreas und ich sind gekommen, um den Bauauftrag zu erfüllen, den Ihr uns durch einen Boten übermittelt habt. Mein Name ist Michael Parler."

„Michael Parler?", fragte der Prior erstaunt. „Und wo sind die beiden anderen?"

„Mein Bruder Thomas lässt seine Armverletzung von Eurem Krankenmeister Johannes verbinden", antwortete Michael.

„Und mein Mitarbeiter Andreas hilft dem Novizen Simon unsere Pferde zu versorgen."

Der Prior nickte und fragte: „Und wo ist Heinrich Parler? Ich hatte bei ihm ein Tympanon und Blattgoldverzierungen für unsere Klosterkirche in Auftrag gegeben. Er hat vor Jahren für die Pfeiler unserer Kirche wunderschöne Sandsteinornamente und eine Lilienkante gefertigt. Deshalb hatte ich ihn mit diesem Auftrag betraut."

„Den Auftrag hätte mein Onkel auch gern erfüllt", sagte Michael, „aber er lebt nicht mehr. Wir sind gemeinsam von Prag aus hierher geritten und wurden gestern in einem Waldstück kurz vor Gabel von Räubern überfallen. Es kam zum Kampf. Wir konnten die Räuber bis auf einen töten, aber mein Onkel wurde im Kampf tödlich verwundet."

„Das ist tragisch", sagte der Prior nachdenklich. „Habt Ihr ihn kirchlich bestatten lassen?"

„Ja", antwortete Michael, „wir haben ihn nach Gabel gebracht. Dort hat ihn der Pfarrer in der gesegneten Erde des Friedhofs bestattet. Den gefangenen Räuber haben wir dem Amtmann des Dorfes übergeben. Er wird über ihn richten."

„Das ist gut so", bemerkte der Prior. „Ich werde für Heinrich Parlers Seele beten. Aber mir kommen Zweifel, ob Ihr und Euer Bruder meinen Auftrag erfüllen könnt."

„Warum sollten wir Euren Auftrag nicht erfüllen können?", fragte Michael. „Eure Zweifel sind unbegründet. Mein Bruder Thomas hat von meinem Onkel so viel gelernt, dass er durchaus in der Lage ist, das gewünschte Tympanon anzufertigen. Ich bin Goldschläger und kann Blattgold schlagen und es an den Gewölberippen Eurer Kaiserkapelle anbringen. In unserer Familie gibt es keine Nichtskönner. Wir haben als Goldschläger,

Steinmetze und Steinbildhauer den besten Ruf. Unser Mitarbeiter Andreas wird uns bei der Arbeit tatkräftig unterstützen."

„Schon gut", sagte der Prior beschwichtigend. „Ihr könnt morgen früh mit der Arbeit beginnen. In der Bauhütte findet Ihr alles, was Ihr für die Herstellung von Blattgold und die Grundierung der Gewölberippen benötigt. Außer Golddukaten und andere Münzen. Die lasst Euch vom Cellerar geben."

Michael nickte zustimmend.

„Wichtig ist", fuhr der Prior fort, „dass das Tympanon den böhmischen Löwen, den kaiserlichen Adler und zwei kniende Ritter darstellt. Die Ritter sollten Kaiser Karl IV. und seinem Sohn Wenzel ähnlich sehen."

„Mein Bruder Thomas wird das Tympanon nach Eurer Zeichnung anfertigen", sagte Michael. „Er beherrscht das Handwerk des Steinbildhauers genauso gut wie sein Lehrmeister Heinrich Parler. "

„Das freut mich!", sagte der Prior und erklärte: „Auf dem Gelände des Meierhofes befindet sich auch eine Schmiede. Wenn die Werkzeuge für die Steinmetzarbeiten unbrauchbar geworden sind, kann euch der Schmied neue Zweispitze, Beile und Meißel schmieden.

Neben der Schmiede steht auch eine kleine Hütte, in der sich unser Zimmermann eine Werkstatt eingerichtet hat. Er kann euch die Holzgriffe der neuen Werkzeuge fertigen.

Ich werde Euch, Michael Parler, Euren Bruder und Euren Mitarbeiter später in die Unterkünfte führen, die für unsere Gäste bestimmt sind. Dort könnt ihr so lange wohnen und schlafen, bis ihr meinen Auftrag erfüllt habt. Aber zunächst wollen wir uns im Raum nebenan vor meinem Altar zum Gebet versammeln."

Der Prior und der Cellerar gingen in den Nebenraum. Michael folgte ihnen. Petrus Zwicker kniete vor einem kleinen Altar nieder und betete das Vaterunser:

„Vater unser, der du bist im Himmel,
geheiligt werde dein Name;
dein Reich komme,
dein Wille geschehe,
wie im Himmel,
also auch auf Erden!
Unser tägliches Brot gib uns heute;
und vergib uns unsere Schuld,
wie auch wir vergeben unseren Schuldigern;
und führe uns nicht in Versuchung,
sondern erlöse uns von dem Übel.
Amen."

Michael und Bruder Anselm knieten ebenfalls nieder und stimmten in das Vaterunser des Priors mit ein.

Nach dem Gebet erhob sich Petrus Zwicker und sagte: „Lasst uns nun als Zeichen der Gemeinschaft den Friedenskuss austauschen. So schreibt es die Benediktsregel vor, an die auch wir Cölestiner uns halten."

Michael hätte lieber einen Frosch geküsst als Petrus Zwicker, aber er hatte keine andere Wahl.

Pirmins Drohung

Nach dem Begrüßungszeremoniell im Kaiserhaus bat der Prior Michael, gemeinsam mit ihm und dem Cellerar in den Kapitelsaal zu gehen. Dieser Saal befand sich ebenfalls im Kaiserhaus und war der tägliche Treffpunkt der Mönche. Jeden Morgen ließ der Prior hier von einem Bruder ein Kapitel aus der Benediktsregel vorlesen. Danach folgte die Aufzählung der Tagesheiligen, das Martyrologium. Die Lesung schloss mit dem Nekrolog ab, der Würdigung verstorbener Cölestin-Mönche. Voraussetzung war aber, dass sie ein Leben wie Heilige geführt hatten.

Im Kapitelsaal baten die Mönche ihre Mitbrüder um Vergebung, und diejenigen, die gegen die Ordensregeln verstoßen hatten, wurden angeklagt. Hier entschieden die Mönche auch über die Aufnahme eines Novizen. Im Kapitelsaal wurden außerdem verstorbene Mönche vor ihrer Beisetzung aufgebahrt.

Der Prior, der Cellerar und Michael betraten den Kapitelsaal, in dem sich die Mönche bereits versammelt hatten.

„Liebe Brüder", sprach Petrus Zwicker. „Heute sind Michael Parler, sein Bruder Thomas und ein Steinmetzgehilfe mit Namen Andreas in unserem Kloster eingetroffen. Ihr wisst, dass ich einen Boten nach Prag geschickt hatte, um dem berühmten Steinmetz Heinrich Parler einen Auftrag zu erteilen. Den

Auftrag, für das Portal an der Westseite unserer Klosterkirche ein Tympanon zu fertigen und die Gewölberippen in unserer Kaiserkapelle mit Blattgold zu belegen. Einige von euch erinnern sich bestimmt noch, dass unter Heinrich Parlers Leitung unsere Kirche gebaut wurde. Er selbst hat an den Pfeilern wunderschöne Sandsteinornamente und eine Lilienkante angebracht.

Heinrich Parler kann meinen neuen Auftrag leider nicht erfüllen. Aber sein Neffe, Michael Parler, der hier neben mir steht, versicherte mir, dass er, sein Bruder Thomas und der Steinmetzgehilfe in der Lage sind, die Arbeiten auch ohne seinen Onkel durchzuführen. Ich traue ihnen das zu und bete, dass unser Herr ihnen beisteht."

Michael sah, dass Andreas und Thomas in den Kapitelsaal gekommen waren. Sie setzten sich auf die freien Plätze neben Michael. Kurz darauf kam auch der Novize Simon und setzte sich zu den Mönchen.

„Liebe Brüder", fuhr der Prior fort, „ich muss euch noch über einen Vorfall informieren, der ungeheuerlich ist: Bruder Anselm sah, dass an meinem Reisewagen ein blutbeschmiertes Messer und ein angesengtes Stück Holz befestigt waren. Er hat mir die Sachen ausgehändigt. Wisst ihr, was das bedeutet? Ich will es euch sagen: Ein angesengtes Stück Holz und ein blutiges Messer sind eine Geste der Drohung. Ich kenne nur eine Sekte, die diese Symbole verwendet: die Waldenser! Das Symbol der Drohung oder der Rache ist eindeutig. Wir haben einen dieser verfluchten Ketzer in unserem Kloster. Wahrscheinlich will er sich dafür rächen, dass wir seine vom Teufel besessene Sippschaft wieder auf den Weg zum wahren Glauben führen wollten.

Aber ich schwöre euch, dass ich ihn finden werde. Ein jeder von euch kann einer dieser verfluchten Ketzer sein. Und ihr werdet mir dabei helfen, ihn ausfindig zu machen. Wer einen Hinweis auf den Waldenser hat, kann jederzeit zu mir kommen."

In diesem Moment sprang einer der Mönche auf und hielt den Gästen ein Kreuz entgegen.

„Unsere Gäste sind Waldenser!", schrie er. „Sie werden uns alle töten! Ich schaue in ihre Gesichter und sehe, dass sie die Züge des Mädchens annehmen. Sie sind schmerzverzerrt und verwandeln sich in teuflische Fratzen. Der Geist des Mädchens dürstet nach Rache. Er ist in unsere Besucher gefahren. Er sinnt auf Rache! Tötet die Fremden, bevor sie uns alle töten!"

Nach diesem Auftritt setzte der Mönch sich wieder, sank in sich zusammen und schluchzte.

„Bruder Pirmin, beruhige dich!", redete der Prior sanft auf seinen Mitbruder ein. Und zu einem anderen Mönch gewandt sagte er: „Bruder Gregor, bring Bruder Pirmin zur Bibliothek und koch ihm einen Kräutertee."

Bruder Gregor kam der Anweisung des Priors nach und führte Bruder Pirmin aus dem Kapitelsaal.

Michael wusste nicht, was er von der Drohung des Mönches halten sollte. Er konnte sich das wirre Zeug, welches dieser von sich gegeben hatte, nicht erklären.

„Michael Parler", wandte sich der Prior an ihn, „ich muss mich für Bruder Pirmins Verhalten entschuldigen. Nehmt seine Drohung nicht ernst! Er ist zurzeit etwas verwirrt, hält sich auch nicht mehr an das Schweigegelübde. Bruder Pirmin hatte mich nach Angermünde begleitet. Die Reise hat ihn anscheinend sehr mitgenommen."

Der Prior beabsichtigte, ein weiteres Ritual der Gastfreundschaft zu praktizieren.

„Bruder Zacharias", sagte er und schaute dabei einen mittelgroßen wohlbeleibten, pausbäckigen Mönch streng an. „Geh gemeinsam mit Bruder Gregor und Bruder Berthold in die Küche. Lasst euch dort Schüsseln und Krüge geben. Füllt die Krüge im Brunnenhaus mit Wasser. Novize Simon soll euch begleiten."

Die angesprochenen Mönche und der Novize falteten ihre Hände und verbeugten sich tief vor ihrem Prior. Dann verließen sie den Kapitelsaal.

Nach kurzer Zeit kamen sie mit drei wassergefüllten Krügen und drei Schüsseln zurück.

„Wir heißen unsere Gäste willkommen", sagte der Prior, nahm einen der Krüge und goss Michael, Thomas und Andreas Wasser über die Hände.

Dann kamen sie in den Genuss einer Fußwäsche. Alle Mönche und der Novize wuschen die Füße der Gäste mit Wasser. Michael empfand diese Erfrischung nach der langen Reise als sehr angenehm.

Nach dem letzten Begrüßungsritual, der Fußwaschung, betete der Prior den Psalm von der Größe und Würde des Menschen:

„Herr, unser Herr,
wie wunderbar ist auf der ganzen Erde dein Name,
der du über die Himmel deine Hoheit erhebst!
Im Munde der Kinder und Säuglinge hast du dir Lob bereitet, deinen Feinden ins Angesicht,
dass Gegner und Widersacher verstummen müssen.

Blick ich auf deine Himmel, das Werk deiner Hände,
den Mond und die Sterne, die du geschaffen:
was ist der Mensch, dass du seiner gedenkst
und des Menschen Sohn, dass dir an ihm liegt?
Und doch hast du ihn nur um ein Geringes unter die Engel gestellt,
mit Ehr ihn gekrönt und mit Herrlichkeit;
du hast ihm Macht über das Werk deiner Hände gegeben,
alles zu seinen Füßen gelegt:
die Schafe und Rinder alle,
dazu das Getier in Wald und Feld,
die Vögel des Himmels, die Fische der See,
und was auf den Straßen der Meere zieht.
Herr, unser Herr,
wie wunderbar ist auf der weiten Erde dein Name!"

Vesper und strenge Tischsitten

Eine der beiden Kirchturmglocken läutete zur Vesper, dem Abendgebet.

„Michael Parler", sagte Petrus Zwicker, „ich möchte Euch, Euren Bruder und den Steinmetzgehilfen einladen, mit uns gemeinsam zur Vesper in die Klosterkirche zu gehen."

Michael war zwar hundemüde, durstig und hungrig, aber er wollte die Einladung des Priors nicht ablehnen. Diesen Eindruck machten auf ihn auch Thomas und Andreas.

„Wollen wir?", fragte er sie. Die beiden nickten zustimmend.

„Wir nehmen Eure Einladung gern an", sagte Michael zum Prior gewandt.

Petrus Zwicker nickte. Er und seine Brüder verließen den Kapitelsaal. Michael, Thomas und Andreas folgten ihnen.

Durch den Westeingang betraten sie die Klosterkirche. Michael schaute sich die Fassade über der Tür genau an. Diesen Bereich sollte das Tympanon schmücken.

Thomas würde Wochen brauchen, um es zu gestalten. Für den Einbau waren Maurer zuständig, die sicher hier in der Klosteranlage wohnten und arbeiteten, da ständig irgendwelche Erweiterungs- und Ausbesserungsarbeiten durchgeführt werden mussten.

Prior Petrus hatte Heinrich Parler durch seinen Boten zwei Zeichnungen nach Prag geschickt. Eine zeigte die Figuren, die in das Tympanon eingebaut werden sollten, und die genauen Maße. Auf der anderen Zeichnung war zu sehen, wie der Prior sich die Vergoldung der Gewölberippen vorstellte.

Michael, Thomas, Andreas und die Mönche betraten das Kirchenschiff, das Langhaus der Kirche. Michael war von diesem Meisterwerk der Baukunst überwältigt. Er hatte von seinem Onkel Heinrich viel über diese einschiffige Hallenkirche gehört, aber nun konnte er dieses herausragende Werk der Baukunst mit eigenen Augen sehen.

Michael schaute sich um. Im Eingangsbereich fiel ihm der kunstvoll gestaltete Fliesenfußboden auf. Er entdeckte auch ein Steinmetzzeichen seines Onkels Heinrich: ein X.

Heinrich Parler unterstand damals seinem Onkel Peter Parler, den Kaiser Karl IV. mit der Oberaufsicht über den Bau der Klosterkirche beauftragt hatte. Der Steinmetz Peter Parler konnte hier aber persönlich nicht mitwirken, weil er zu der Zeit als Baumeister für den Prager Veitsdom zuständig war.

Michael sah, dass die Kirche an eine Felswand gebaut worden war. Die Südwand des Gebäudes hatten die Steinmetze aus dem Fels gemeißelt. Eine Treppe und ein Triumphbogen trennten das Kirchenschiff vom Chor, dem Raum, in dem der Hochaltar stand.

Michael schaute sich den Hochaltar genauer an. Im Chor hatten sich die Mönche versammelt. Sie sangen den ersten der zur Vesper vorgeschriebenen vier Psalmen.

Michael war mit seinen Gedanken bei der Arbeit, die ihn und seine Leute in der nächsten Zeit erwartete. Ihre Arbeitsplätze würden sie wohl für die nächsten Wochen in der Bauhütte und im Steinbruch einrichten.

Michael und sein Bruder mussten hier beweisen, dass sie die vom Prior in Auftrag gegebenen Arbeiten ohne die Oberaufsicht ihres Onkels durchführen konnten.

Nach der Vesper nahmen Michael, Thomas und Andreas gemeinsam mit den Mönchen das Abendbrot im Speisesaal des Kaiserhauses ein. Dieser dunkle, dreieckige Raum, den man auch Refektorium nannte, grenzte an den Wohnturm. Durch einen großen Fensterbogen fiel etwas Licht herein. Die Mönche und ihre Gäste nahmen in der Mitte des Raumes auf einfachen Bänken Platz.

Die beiden Mönche, die Küchendienst hatten, deckten den Tisch mit Holztellern, Messern und Trinkbechern. Sie brachten Wein, Brot, Hühnerfleisch, Käse und Obst.

Michael hätte sich mit seinem Bruder und Andreas gern unterhalten, aber er wollte die Stille nicht stören. Er war es nicht gewohnt, Wein zu trinken, aber er fand Gefallen an dem roten Rebensaft und ließ sich von Bruder Gregor nachschenken.

Das Brot musste aus dem Backhaus kommen, das ihm auf dem Weg zur Klosterkirche aufgefallen war. Es schmeckte ihm sehr gut. Er hatte selten so gutes Brot und so würzigen Käse gegessen. Auch das kalte Hühnerfleisch fand seinen regen Zuspruch.

Jeder Mönch versuchte, so leise wie möglich zu essen und zu trinken. Auch der verwirrte Bruder Pirmin aß und trank schweigend.

Michael fiel das sehr schwer. Aber er, Thomas und Andreas gaben sich alle Mühe, die Holzteller, die Holzbecher und das Besteck fast geräuschlos zu bewegen.

Michael schaute einem Mönch auf die Finger, der sich Wein nachschenkte, ohne dass er das geringste Geräusch hören konnte. Doch als er den großen Weinkrug wieder auf die Tischmitte stellen wollte, blieb er unglücklich mit dem Ärmel seines Gewandes an seinem Weinbecher hängen. Der Becher fiel polternd zu Boden, und der Wein ergoss sich über den Tisch und auf seine Kutte.

Bruder Johannes unterbrach seine Lesung. Die Augen der Mönche waren auf ihren unglücklichen Mitbruder gerichtet, dem dieses Missgeschick passiert war.

Prior Petrus warf ihm einen strafenden Blick zu und sagte: „Bruder Nepomuk, ich bin über dein Vergehen sehr erzürnt. Ich erteile dir einen Verweis."

Der gemaßregelte Bruder Nepomuk stand von seinem Platz auf und warf sich vor dem Prior auf den Boden.

Petrus Zwicker schaute streng auf die unterwürfige Gestalt nieder und schwieg. Nach einer Weile sagte er mit scharfem Ton: „Bruder Nepomuk, du hast für dein Ungeschick Buße getan. Erhebe dich, und verhalte dich zukünftig so, dass ich keine Veranlassung habe, dir zu zürnen."

Bruder Nepomuk stand auf, faltete seine Hände und machte vor dem Prior eine tiefe Verbeugung. Der segnete ihn und wies ihn an: „Bruder Nepomuk, setz dich wieder auf deinen Platz!"

Michael war entsetzt, wie streng das Verschütten des Weines vom Prior geahndet wurde. Lächerlich, dachte er, dass der Mönch sich so demütigen muss, um Buße zu tun.

Nach dem Abendbrot sprach Prior Petrus noch ein kurzes Tischgebet und wies die Mönche an, ihren Schlafsaal aufzusuchen.

„Ehrwürdiger Vater, sind wir auch im Schlafsaal der Mönche untergebracht?", fragte Thomas den Prior. „Wir möchten uns nach diesem harten Tag gern zur Nachtruhe zurückziehen."

„Nein", antwortete Petrus Zwicker. „Unsere Gäste haben einen eigenen Schlafsaal. Er befindet sich aber auch im Amtshaus, wie der Schlafsaal der Mönche. Ich werde euch dorthin führen. Folgt mir!"

Michael, Thomas und Andreas folgten dem Prior zum Amtshaus.

„Hier sind die Verwaltungsräume des Klosters untergebracht", erklärte er, „der Arbeitsbereich des Cellerars. Außerdem die Küche für Bedienstete und weitere Wirtschaftsräume. In diesem Haus haben wir einen separaten Schlafsaal für unsere Gäste eingerichtet."

Petrus Zwicker führte die drei Männer in den Gästeschlafsaal.

„Ich habe Euer Gepäck schon in diesen Raum bringen lassen", sagte er. „Es befindet sich im hinteren Teil des Schlafsaales. Außerdem stehen für euch einige Krüge und Trinkbecher bereit. Die Krüge sind mit Wasser gefüllt. Es ist sauberes Wasser aus unserem Brunnen. Ihr könnt es trinken und natürlich auch als Waschwasser benutzen. Morgen früh erwarte ich euch um 6 Uhr zur Prim, dem Gebet zur ersten Stunde, in der Klosterkirche. Danach wird euch Bruder Anselm eure Arbeitsplätze zeigen. Und nun wünsche ich euch eine gute Nacht. Gott segne euch!"

„Gott segne euch", erwiderte Thomas.

Der Prior verließ den Schlafsaal.

Michael sah, dass neben den Betten hölzerne Trennwände standen. Zum Mittelgang hin waren sie durch Vorhänge begrenzt. So hatte jeder seinen privaten Bereich.

Sein Onkel Heinrich hatte ihm erzählt, dass der Schlafsaal der Mönche wesentlich weniger Komfort bot. Sie schliefen bekleidet in einem schwach beleuchteten Raum auf Strohsäcken unter Wolldecken. Jüngere Mönche neben älteren.

Michael, Thomas und Andreas einigten sich, wer in welchem Bett liegen sollte, verstauten ihr Gepäck und hatten nach diesem anstrengenden Tag nur noch einen Wunsch: so schnell wie möglich zu schlafen.

Michael war hundemüde, hatte aber Mühe einzuschlafen. Er musste die Eindrücke des Tages erst einmal verarbeiten.

Einige Gedanken, die durch seinen Kopf geisterten, drehten sich um den Novizen Simon. Er musste in seinem Alter sein. Sicher kaum älter als sechzehn. Wie kam so ein gut aussehender Junge dazu, als Novize in ein Kloster einzutreten? Als ihm Simon heute Nachmittag zum ersten Mal begegnet war, hätte er sich gern mit ihm unterhalten und seine Nähe gesucht. Aber der Novize durfte ja nicht reden. Warum fühlte er sich zu diesem Jungen hingezogen? Er hatte in Prag Freunde, aber die freundschaftlichen Gefühle, die er für sie empfand, waren anders als diejenigen, die die Nähe des jungen Novizen in ihm ausgelöst hatten. Sie waren ähnlich wie die, die er mal einem Mädchen gegenüber empfunden hatte.

Besonders stark empfand er sie, als Simon mit seinen schlanken, zarten Händen seine Füße gewaschen hatte.

Michaels Gedanken drehten sich um Simon. Sie nervten und quälten ihn. Er versuchte sie zu verdrängen, aber er konnte sie nicht einfach abschalten.

Michael dachte an seinen Onkel Johan, der mit einem Freund zusammenlebte. Hatte er ähnliche Neigungen wie sein Onkel?

Und dann dachte Michael an das blutbeschmierte Messer und das angesengte Stück Holz. Wer hatte diese Sachen an den Reisewagen des Priors gehängt? Wer ist dieser Waldenser, der angeblich als Rächer in das Kloster eingedrungen ist? Oder hatte der verwirrte Mönch Pirmin diese Sachen an dem Wagen des Priors befestigt?

Michael fand auf diese Fragen keine Antworten. Er konnte sich nicht erklären, warum Bruder Pirmin ihnen ein Kreuz gezeigt und sie mit dem Tode bedroht hatte. Als er ihn, Thomas und Andreas sah, glaubte er Mädchengesichter zu sehen. Mädchengesichter, die schmerzverzerrt waren und sich dann in teuflische Fratzen verwandelten.

Michael versuchte sich an das zu erinnern, was Pirmin gesagt hatte: Der Geist des Mädchens dürstet nach Rache. Er ist in unsere Besucher gefahren. Er sinnt auf Rache! Tötet die Fremden, bevor sie uns alle töten!

Pirmin leidet anscheinend unter Verfolgungswahn, dachte Michael. Er fühlt sich von dem Geist eines Mädchens verfolgt und fürchtet seine Rache. Ob das mit Angermünde zu tun hat? Dort hat er ja Inquisitor Petrus Zwicker zur Seite gestanden. Sicher auch bei der Folterung von Waldensern. Vielleicht hatte er in Angermünde eine Waldenserin zu Tode foltern lassen, und nun fühlt er sich von ihrem Geist verfolgt. Bruder Pirmin fürchtet die Rache des Geistes und glaubt, er hätte von ihm, Michael, seinem Bruder Thomas und Andreas Besitz ergriffen.

Michael schlief ein und sah im Traum das Gesicht des Novizen Simon. Es lächelte ihn an, bis es Schmerz zum Ausdruck brachte und sich schließlich in eine teuflische Fratze verwandelte.

Der Geist des Mädchens soll brennen

B ruder Pirmin wachte in der Nacht schweißgebadet auf. Ein Alptraum hatte ihn gequält. Er musste vor den Steinmetzen und dem Goldschläger fliehen. Sie hatten ihn gejagt. Ihre Gesichter sahen dem Gesicht des Mädchens ähnlich. Sie hatten sich aber in teuflische Fratzen verwandelt und waren immer näher gekommen. Er war froh, dass er rechtzeitig wach geworden war.

Bruder Pirmin überlegte, wie er sich gegen den Geist des Mädchens, der von den Fremden Besitz ergriffen hatte und ihn verfolgte, wehren konnte. Er fasste den Entschluss, ein Feuer zu legen. Der Geist des Mädchens sollte ein Opfer der Flammen werden. Bruder Pirmin war überzeugt, dass er ihn so für immer loswerden würde.

Er erhob sich von seinem Schlaflager und nahm aus seinem Schlafsack eine Handvoll Stroh. Das steckte er in eine Tasche seines Gewandes.

An den Wänden des Schlafsaals waren glimmende Kienspäne befestigt. Das Licht, das sie abgaben, tauchte den Raum in ein gespenstisches Halbdunkel. Bruder Pirmin löste einen Span aus der Wandhalterung.

Er schaute auf die Nachtlager seiner Brüder und hatte den Eindruck, dass sie tief und fest schliefen. Dann verließ er den Schlafsaal der Mönche und ging durch das Treppenhaus hinauf zum Schlafsaal der Gäste.

Als er die Tür zu diesem Raum öffnete, hörte er sie knarren. Leise ging er hinein und überzeugte sich, dass die Steinmetze und der Goldschläger schliefen. Er sah auch, dass sie ihre Arbeitskleidung neben ihren Betten auf den Boden gelegt hatten.

Dann nahm Bruder Pirmin das Stroh aus der Tasche seines Gewandes und breitete es auf einem Wams aus. Auf das Stroh legte er den glimmenden Kienspan. Dann verließ er den Schlafsaal der Gäste und kehrte unbemerkt in den Schlafsaal der Mönche zurück.

Überraschung
im Schlafsaal

Michael wurde in der Nacht wach. Das Knarren der Tür hatte ihn geweckt. Außerdem ein Geruch, der von einem Feuer herrühren musste. Er richtete sich in seinem Bett auf und schaute entsetzt auf sein auf dem Boden liegendes Wams, das in Flammen stand. Er sprang aus dem Bett und löschte das Feuer mit dem Wasser aus seinem Krug. Gottseidank, dachte er, das war knapp!

Inzwischen waren auch Thomas und Andreas wach geworden. Sie traten an seine Seite und rieben sich verschlafen die Augen. Dann sahen sie den Qualm, der aus dem verbrannten Wams aufstieg.

„Kannst du mir mal erklären, was du hier mitten in der Nacht machst?", fragte Thomas.

„Sei froh, dass ich das Feuer so schnell bemerkt habe", antwortete Michael. „Anscheinend war eben ein Besucher hier im Raum, der uns ausräuchern wollte. Stroh hat er, wie ihr seht, mit einem Kienspan in Brand gesetzt. Aber musste dieser Irre das Stroh und den Kienspan ausgerechnet auf mein Wams legen? Es war noch wie neu, und jetzt ist es hin."

„Wir können froh sein, dass hier nicht mehr als dein Wams verbrannt ist", bemerkte Thomas.

„Sicher war das der Irre, der uns bedroht hat", sagte Andreas.

Michael nickte.

„Das traue ich ihm zu", erwiderte er. „Ich werde ihn mir mal vorknöpfen."

Michael, Thomas und Andreas legten sich wieder hin und schliefen noch einige Stunden.

Am frühen Morgen wuschen sie sich und zogen ihre Arbeitskleidung an. Dann gingen sie zur Klosterkirche. Kurz nach sechs Uhr trafen sie dort ein. Die Prim, das Gebet der ersten Stunde, hatte bereits begonnen.

Prior Petrus und die Mönche sangen den Vers „O Gott, komm mir zu Hilfe". Dann folgten der Hymnus dieser Gebetszeit, drei Psalmen, eine Lesung, das Gebet „Kyrie eleison" und noch das abschließende Gebet „Vater unser". Danach verließen die Mönche die Kirche, um sich im Kapitelsaal zur Sitzung zu versammeln.

Michael sah Bruder Pirmin, der einige Meter hinter der Gruppe der Mönche ging. Er trat an seine Seite und sagte leise: „Du hast gestern gesagt: ‚Tötet die Fremden, bevor sie uns alle töten'. Ich glaube, du hast heute Nacht in unserem Schlafsaal Feuer gelegt. Ich habe das Feuer gelöscht, aber ich warne dich, so etwas nie wieder zu tun. Haben wir uns verstanden?"

Bruder Pirmin nickte. Er war kreidebleich geworden.

Michael verließ die Gruppe der Mönche. Thomas und Andreas hatten auf ihn gewartet.

Der Cellerar kam zu ihnen und sagte: „Ich hoffe, ihr seid nicht nachtragend. Bruder Pirmin ist zurzeit etwas verwirrt. Er hält sich auch nicht mehr an unser Schweigegelübde. Ihr dürft seine Drohung nicht ernst nehmen."

„Wir dürfen seine Drohung nicht ernst nehmen?", fragte Michael. „Bruder Pirmin hat in der vergangenen Nacht in unserem Schlafsaal Feuer gelegt."

„Er hat Feuer gelegt?", entgegnete der Cellerar überrascht. „Seid ihr sicher?"

Michael nickte.

„Ich habe ihm eben diesen Vorwurf gemacht, und er hat ihn nicht abgestritten."

„Dann muss ich mich für ihn entschuldigen", sagte der Cellerar etwas kleinlaut. „Bruder Pirmin hat unseren Prior nach Angermünde begleitet. Seitdem quälen ihn Alpträume und er redet so seltsam. Er hat …"

„Er glaubt, wir wären von dem bösen Geist eines Mädchens besessen", unterbrach ihn Thomas ärgerlich, „und deshalb hat er gedroht uns zu töten. In der vergangenen Nacht hat er das versucht. Der Prior und Ihr seid hier im Kloster auch für unsere Sicherheit verantwortlich. Wenn Ihr den Irren nicht an die Kette legt und er wieder versucht, uns zu töten, werden wir uns wehren und das Problem auf unsere Art lösen."

„Er ist verwirrt", meinte der Cellerar beschwichtigend. „Ihr müsst nicht um eure Sicherheit fürchten. Ich spreche mit unserem Prior. Wir werden eine Lösung finden."

„Das wollen wir hoffen", sagte Thomas. „Und nun zeigt uns unsere Arbeitsplätze!"

„Das will ich gern tun", stimmte der Cellerar zu und führte Michael, Thomas und Andreas zur Klosterkirche. In der Kapelle stand schon ein Gerüst, das der Prior von Bauarbeitern hatte errichten lassen. Michael prüfte seine Stabilität. Wichtig war, dass er diese Konstruktion aus Holzleitern und Holzbrettern gefahrlos begehen konnte, um die Grundierung und das Blattgold auf die Gewölberippen unter der Decke aufzutragen.

Nach der Besichtigung des Bereiches der Klosterkirche führte sie der Cellerar zu der in der Nähe der Meierei stehenden Bauhütte und zum direkt an sie angrenzenden Steinbruch. Hier mussten Thomas und Andreas heute damit beginnen, einen Block aus dem Fels zu schlagen und ihn auf die Größe des Tympanon zurechtzuschneiden.

Michael schaute sich in der Bauhütte um und stellte fest, dass in einem der Gebäude auch Granitblöcke standen, die sich für das Behämmern von Blattgold eigneten. Er prüfte auch die Walze, die in einem anderen Gebäude der Bauhütte stand. Sie schien ihm geeignet, um das im Brennofen geschmolzene Gold zu einem Goldband auszuwalzen. Zum Schmelzen der Golddukaten hatte er den Brennofen vorgesehen, in dem Rupert und Novize Simon Lehm zu Ziegeln gebrannt hatten. Auch für ihre Arbeit geeignete Werkzeuge waren in der Bauhütte in ausreichender Zahl vorhanden.

In einem der Räume standen ein großer Holztisch, eine Bank und einige Stühle. Michael, Thomas und Andreas beschlossen, hier ihren Aufenthaltsraum einzurichten und erst einmal zu frühstücken.

„Wir werden, nachdem wir uns mit Speis und Trank gestärkt haben, mit der Arbeit beginnen", sagte Thomas zum Cellerar.

Dessen Mund verzog sich zu einem Grinsen.

„Unsere erste Mahlzeit ist das Mittagessen", erklärte er. „Das nehmen wir aber erst um 12.30 Uhr zu uns."

„Habt Ihr eine Vorstellung von unserer Arbeit?", fragte Thomas. „Sie ist hart und schweißtreibend. Mit knurrenden Mägen können wir nicht arbeiten."

„Das sehe ich ein", antwortete Bruder Anselm. „Ihr könnt euch jederzeit in der Meierei Brot, Käse, Milch, Wasser und Bier reichen lassen. Ich werde dort Bescheid geben, dass wir hungrige Gäste haben. Die Bediensteten, die dort arbeiten, werden euch gut versorgen, wenn ihr es wünscht."

„Euer Angebot nehmen wir dankend an", sagte Thomas und nickte zufrieden.

„Ich würde es begrüßen, wenn ihr aber auch an unseren beiden Mahlzeiten im Speisesaal teilnehmen könntet", schlug der Cellerar vor.

„Gern, so es unsere Arbeit erlaubt", erwiderte Michael. „Was meine Arbeit betrifft, so würde ich mich freuen, wenn Ihr uns noch einen oder zwei Arbeiter schicken könntet, die mir beim Schlagen des Blattgoldes helfen."

„Kein Problem!", unterbrach ihn der Cellerar. „Novize Simon hat gemeinsam mit dem Bauarbeiter Rupert am Brennofen gearbeitet. Die beiden können Euch sicher beim Schmelzen und Bearbeiten des Goldes behilflich sein und ihre Arbeit, das Fertigen von Ziegeln, einige Tage unterbrechen."

„Einverstanden", sagte Michael. „Schickt Simon und Rupert zur Bauhütte."

„Das will ich gern tun", sagte Bruder Anselm. „Aber eine Frage habe ich noch: Ihr braucht doch sicher Golddukaten und Silber- und Kupfermünzen für die Herstellung des Blattgoldes?"

„Gut, dass Ihr mich daran erinnert", antwortete Michael. „Ich hatte nicht die Absicht, mein eigenes Geld in den Brennofen zu schieben."

„Das müsst Ihr auch nicht", sagte Cellerar grinsend, griff in die rechte Tasche seiner Kutte und zog einen kleinen Lederbeutel heraus. Er öffnete ihn und entnahm ihm drei Golddukaten und einige Silber- und Kupfermünzen.

„Die müssten erst einmal reichen", sagte er und gab sie Michael. „Dass Ihr das Geld erhalten habt, müsst Ihr mir aber

schriftlich bestätigen. Kommt heute Mittag in meine Amtsstube. Dort habe ich Papier, Federkiele und Tinte."

Michael nickte. Der Cellerar verabschiedete sich mit gefal-
teten Händen und einer leichten Verbeugung und verließ die
Bauhütte in Richtung Ziegelbrennofen.

घ

Blattgold schlagen und Steine brechen

Rupert und Simon betraten die Bauhütte. Michael, Thomas und Andreas freuten sich über die neuen Mitarbeiter.

Rupert bot sich an, zur Meierei zu gehen, um für alle Brot, Käse und Milch zu holen. Michael begleitete ihn.

„Die Meierei müsst Ihr Euch wie einen Bauernhof vorstellen", erklärte Rupert. „Alles, was es auf einem Bauernhof gibt, findet Ihr hier auch. Nur Pferde und Schweine fehlen. Die Schweine befinden sich auf der Weide, die Ställe der Reitpferde auf der Oberburg, und die Zugpferde sind auf der Vorburg untergebracht."

Michael und Rupert gingen am Garten der Meierei vorbei.

„Sind das Bienenstöcke da drüben?", fragte Michael.

„Das sind Bienenstöcke", bestätigte Rupert. „Die Mönche brauchen Bienenwachs für die Altarkerzen. Für die Raumbeleuchtung sind ihnen die Kerzen zu wertvoll. Da benutzen sie lieber Kienspäne."

„Die Bienen produzieren doch auch Honig", ergänzte Michael.

„Aber sicher", stimmte ihm Rupert zu. „Wollen wir heute Morgen Honig zum Frühstück mitnehmen?"

„Nichts lieber als das", stimmte ihm Michael zu. „Ich esse Honig für mein Leben gern."

Bevor sie das Hauptgebäude der Meierei erreicht hatten, zeigte Rupert Michael noch die Schmiede, die Werkstatt des

Zimmermanns und den Kräutergarten der Mönche. Neben Arzneipflanzen wie Fingerhut, Tollkirsche und Salbei wuchsen dort auch Gewürzkräuter wie Minze, Liebstock, Petersilie und viele andere. Im Nutzgarten nebenan gab es Kraut, Feldsalat, Spinat, rote Rüben, Rosenkohl, Zwiebeln und Knoblauch.

Michael entdeckte im hinteren Hof der Meierei einen Walnussbaum, einige Kirschbäume und Apfelbäume. Wenn sie wollten, konnten die Mönche zu ihren Mahlzeiten also auch Obst essen.

„Dort drüben ist der Kuhstall mit acht Kühen und zwei Ochsen", erklärte Rupert. „Hinter dem Kuhstall befindet sich der Stall der Schafe."

Michael sah, dass neben den Ställen auf einer Wiese Ziegen grasten. Hühner wuselten überall herum.

Michael und Rupert betraten das Wohnhaus und gingen in den hinteren Bereich, wo sich die Küche befand. Michael fiel auf, dass der Kamin direkt aus dem Fels gemeißelt war.

Ruperts Frau und seine Tochter arbeiteten hier. Auch Mägde, Hirten und ein Hofjunge, der für alle möglichen Hilfsarbeiten zuständig war.

Ruperts Frau Magdalena stellte das Frühstück für die Steinmetze zusammen und legte die Sachen in einen Korb. Da waren frisch gebackenes Brot aus dem Backhaus, würziger Ziegenkäse, frische Milch und Wasser. Auch Michaels Wunsch nach Honig konnte Magdalena erfüllen.

Mit diesem üppigen Frühstück kehrten Michael und Rupert zur Bauhütte zurück und wurden dort von Thomas und Andreas freudig begrüßt. Alle setzten sich an den großen Tisch und aßen und tranken mit großem Appetit.

Sie redeten über das Wetter, die anstehende Arbeit und natürlich auch über den nächtlichen Brandanschlag. Der Name des Brandstifters fiel nicht, aber alle waren sicher, dass es Bruder Pirmin war.

Nach dem Frühstück verließen Thomas und Andreas den Aufenthaltsraum und holten sich aus einem kleinen Nebengebäude die für ihre Arbeit im Steinbruch geeigneten Werkzeuge.

Die Steinmetze schlugen mit ihren Zweispitzen schmale Einschnitte ins Gestein. Da hinein trieben sie Keile. Mit Hilfe ihrer Meißel trennten sie einen Gesteinsblock aus der Sandsteinwand und stürzten ihn auf die Steinbruchsohle. Hier bearbeiteten sie ihn mit Spitzhacken und Schroteisen und trennten mit Hilfe von Keilen eine Steinplatte ab, die etwa den Maßen des Tympanon entsprach. Diese roh zugehauene Sandsteinplatte ebneten sie mit ihren Steinbeilen, Zahneisen, Hämmern, Winkeleisen und Wasser.

Thomas und Andreas trugen sie in einen Raum der Bauhütte und legten sie auf einen Tisch. Dieser Raum schien Thomas für seine Arbeit, die sich bestimmt einige Wochen hinziehen würde, sehr geeignet zu sein.

Michael richtete seinen Arbeitsplatz in einem anderen Raum der Bauhütte ein. Hier standen Granitblöcke, die sich hervorragend für das Behämmern des Blattgoldes eignete. Aber zunächst musste er die Münzen im Brennofen auf dem Meierhof zum Schmelzen bringen und in Formen gießen.

Schweigend betrat der Novize Michaels Werkstatt. Am Frühstück in der Bauhütte hatte er nicht teilgenommen. Er durfte, wie die Mönche, auch nur zwei Mahlzeiten am Tag einnehmen: das Mittagessen und das Abendessen.

Michael verließ gemeinsam mit Rupert und Simon die Bauhütte in Richtung Meierhof. Mit ihrer Hilfe ließ er die Golddukaten und die Silber- und Kupfermünzen im Brennofen schmelzen und in Formen gießen, die Barren oder Zaine genannt werden.

Dann mussten sie erst einmal eine Zeit lang warten, bis die flüssige Masse abgekühlt war.

Die Glocken aus den beiden Türmen der Klosterkirche läuteten zum Gebet, der Terz. Das bedeutete, dass Simon sie verlassen musste, um an der Gebetsstunde teilzunehmen.

Als die Gold-Silber-Kupfer-Mischung in den Formen abgekühlt war, trugen Michael und Rupert sie zur Bauhütte.

Mit Hilfe der Walze plätteten sie die abgekühlten, wieder fest gewordenen Goldbarren zu einem Band.

Michael bemerkte, dass Rupert so viel handwerkliches Geschick besaß, dass er ihm bei seiner Arbeit eine große Hilfe sein würde.

Bei Simon war er sich nicht so sicher. Außerdem fiel dieser als Arbeitskraft immer wieder stundenweise aus, weil er an den Gottesdiensten der Mönche teilnehmen musste. Aber Michael ertappte sich dabei, dass er Simons Anwesenheit als sehr angenehm empfand und sich auf seine Rückkehr nach der Gebetsstunde freute. Die begann um 9 Uhr und dauerte fast eine Stunde.

Als Simon zurückkam, hatten Michael und Rupert schon einige der Goldbarren zu einem Band plattgewalzt. Nun mussten sie aus dem Band mehrere hundert Blattgoldquadrate schneiden und zwischen Pergamentpapier zu einer Form zusammenstellen. Diese Form bearbeiteten sie mit ihren Hämmern. So entstand Quetschgold.

Michael und Rupert führten ihre Hämmer mit großem Geschick, aber Simons Kräfte erlahmten schnell, obwohl er sich alle Mühe gab. Michael erlaubte ihm, hin und wieder eine Pause zu machen.

Die Blattgoldplättchen mussten noch mal zerschnitten und zwischen Goldschlägerhaut geschichtet werden. Diese Goldschlägerhaut war die innerste Haut eines Rinderblinddarms. Die so entstandene Form beschlugen Michael, Rupert und Simon wieder mit ihren Hämmern.

In den Lärm der Hammerschläge mischten sich die melodischen Klänge der Glocken aus den beiden Türmen der Klosterkirche. Diesmal läuteten die beiden Glocken zur Sext, dem Mittagsgottesdienst um 12 Uhr. Simon wusch sich das Gesicht und die Hände und verließ die Bauhütte.

Michael und Rupert hämmerten und schnitten das Blattgold. Sie freuten sich schon auf das Mittagessen. Rupert konnte in der Meierei essen, und Michael hatte ja dem Cellerar versprochen, im Speisesaal gemeinsam mit den Mönchen die beiden Mahlzeiten einzunehmen. Deshalb beendeten sie ihre Arbeit kurz nach 12 Uhr und wuschen sich an dem Wasserfass Gesicht und Hände.

Michael musste an Simon denken. Der hielt sich strikt an das Schweigegelübde der Cölestiner, war während der Arbeit stumm wie ein Fisch. Kein Wort war über seine Lippen gekommen. Ob Rupert es mal geschafft hat, Simon zum Sprechen zu bringen? Vielleicht, als sie gemeinsam Ziegel gebrannt hatten?

„Ich habe Simon noch nie reden hören", begann Michael ein Gespräch mit Rupert. „Hat er sich mit Euch mal beim Ziegelbrennen unterhalten?"

Rupert schüttelte den Kopf.

„Nein, zu mir hat er nie ein Wort gesagt", antwortete Rupert. „Obwohl ich alles versucht habe, ihn zum Sprechen zu bringen. Nur einmal konnte ich seine Stimme hören. Er lachte, oder besser gesagt: Er kicherte."

„Er kicherte? Warum?"

„Ich habe ihm mal einen derben Witz erzählt, von einer Nonne und einem lüsternen Mönch. Danach errötete Simon und hielt sich die Hand vor den Mund, um ein Kichern zu unterdrücken. Aber seine Stimme war noch gut zu hören. Sie klang eher hoch als tief."

„Rupert, Rupert, wenn das der Prior wüsste! Ihr könnt doch einem frommen Novizen keinen derben Witz erzählen …"

„Es wird auch nicht wieder vorkommen", sagte Rupert schuldbewusst, trocknete Gesicht und Hände mit einem Tuch und reichte es Michael. Der nahm es nicht, weil er zu dem Schluss kam, dass es so schmutzig war, dass er seine Hände nach der Benutzung noch einmal hätte waschen müssen.

„Simon hat also in hohen Tönen gekichert und lief rot an", sagte Michael nachdenklich. „Ist das nicht ein typisches Verhalten von Mädchen?"

Rupert nickte.

„Meine Tochter ist fünfzehn", erwiderte er. „Die benimmt sich auch manchmal so wie Simon. Errötet, kichert …"

„Wisst Ihr, wie alt Simon ist?", unterbrach ihn Michael.

„Ich habe gehört, er soll auch fünfzehn Jahre alt sein, wie meine Tochter", antwortete Rupert.

„Hat er noch andere mädchenhafte Angewohnheiten?", fragte Michael weiter.

„Ja, er geht wie meine Tochter und bewegt auch seine Hände wie ein Mädchen. Einmal deutete er auf seinen Bauch und verzog schmerzhaft sein Gesicht. Dann verließ er die Bauhütte. Ich wunderte mich, dass auf dem Schemel, auf dem er gesessen hatte, ein frischer Blutfleck war."

„Ein frischer Blutfleck?", fragte Michael überrascht. „Vielleicht hatte er sich bei der Arbeit an der Hand verletzt und die Wunde blutete."

„Vielleicht", sagte Rupert. „Der Blutfleck auf dem Schemel muss ja nicht unbedingt etwas mit den Blutungen der Monatsregel zu tun haben."

Simon schweigt

Michael und Rupert verließen die Bauhütte. Draußen warteten Thomas und Andreas. Sie säuberten ihre Kleidung notdürftig und wuschen sich mit dem Wasser aus einem großen Regenfass. Auch Michael und Rupert unterzogen sich dieser Reinigung.

Rupert ging zur Meierei, wo er gemeinsam mit seiner Frau und seiner Tochter das Mittagessen einnehmen wollte. Michael, Thomas und Andreas stiegen den Oybin hinauf, zum Speisesaal der Mönche.

Michael war gespannt, was heute Mittag auf dem Speiseplan stand. Seine Gedanken kreisten um den jungen Novizen. Alles, was Rupert ihm erzählt hatte, deutete darauf hin, dass Simon ein Mädchen ist. Aber warum spielt es dann hier im Kloster die Rolle eines männlichen Novizen? Die Cölestiner waren ein reiner Männer-Orden. Michael verstand nicht, warum ein junger Mensch überhaupt bereit war, sich der strengen Benediktsregel der Mönche auf dem Oybin zu unterwerfen. Und welche Gründe hatte ein junges Mädchen, sich als Junge auszugeben, um mit strenger Selbstdisziplin, mit Demut und Gehorsam den Weg zu Gott zu finden? Michael fand keine Antwort auf diese Fragen. Aber er war entschlossen, dieses Rätsel zu lösen.

Die Mönche hatten sich bereits zum Mittagessen im Spei-

sesaal versammelt, als Michael, Thomas und Andreas kurz vor
12.30 Uhr dort eintrafen.

Bruder Johannes sprach heute Mittag wieder das Tischgebet. Er war eine Woche lang als Tischleser eingeteilt. Er durfte
am Mittagessen nicht teilnehmen, konnte sich aber später in
der Küche stärken. Lediglich ein Glas Wein stand ihm während
seiner Tischlesung zu.

„Brüder, erhebt euch von euren Plätzen", sagte Bruder Johannes, und die Mönche standen auf. „Ich erbitte das Gebet
aller, damit Gott den Geist der Überheblichkeit von mir fern-
hält. Brüder, widerholt folgenden Gebetsvers: ‚Herr, öffne meine
Lippen, damit mein Mund dein Lob verkünde.'"

Daraufhin widerholten die Mönche diesen Vers zweimal.

So erhielt Bruder Johannes seinen Segen und konnte als
Tischleser beginnen.

„Lasst uns ein Tischgebet sprechen!", forderte er seine
Mitbrüder und auch die Gäste auf, die seiner Bitte gern nach-
kamen.

„Aller Augen hoffen auf dich, o Herr, und du gibst ihnen Speise zur
rechten Zeit; du öffnest deine gütige Hand und erfüllst alles, was lebt,
mit Wohlgefallen. Amen."

Und nach einer kurzen Pause sagte der Tischleser:

„Wir flehen Herr, segne deine Gaben!"

Die Mönche und die Gäste bekreuzigten sich, setzten sich auf
ihre Stühle und ließen sich das Essen schmecken. Es gab Brei,
Erbsen, Fisch, Fleisch vom Huhn und Schwarzbrot. Wie im-

mer stand ein großer Krug Wein auf dem Tisch. Jedem Mönch stand ein Viertel Liter Rotwein zu. Diese Einschränkung galt natürlich nicht für die Gäste.

Michael, Thomas und Andreas waren mit dem Angebot an Speisen zufrieden. Auch der Wein schmeckte ihnen. Sie füllten sich ihre Holzbecher, denn der Wein war gesünder als das Wasser aus dem Brunnenhaus.

Während sie aßen und tranken, las Bruder Johannes einen Teil des „ewigen Wortes Gottes":

„Im Anfang war das Wort,
und das Wort war bei Gott,
und Gott war das Wort.
Schon im Anfang war es bei Gott.

Durch das Wort ist alles geworden
und nichts, was geworden,
ward ohne das Wort.

Und das Wort ist Fleisch geworden
Und hat unter uns gewohnt.
Und wir haben seine Herrlichkeit gesehen,
die Herrlichkeit des Eingeborenen vom Vater,
voll der Gnade und Wahrheit."

Jeder Mönch versuchte, so leise wie möglich zu essen und zu trinken. Michael dachte an Bruder Nepomuk, der gestern Wein verschüttet hatte. Er bemühte sich, dass ihm dieses Missgeschick nicht passierte.

Michael schaute sich unter den anwesenden Mönchen

um und stellte fest, dass Bruder Pirmin unter ihnen war und schweigend aß und trank.

Nach dem Mittagessen verließen Michael, Thomas und Andreas gemeinsam mit Bruder Anselm den Speisesaal. Sie gingen zur Amtsstube des Cellerars und quittierten ihm den Empfang der Golddukaten, der Silberlinge und der Kupfermünzen. Dann verließen sie den oberen Klosterbereich und setzten in der Bauhütte ihre Arbeit fort.

Thomas und Andreas arbeiteten in ihrer Werkstatt an dem Steinblock weiter, der mal zu einem Tympanon werden sollte.

Thomas musste den böhmischen Löwen, den kaiserlichen Adler und zwei kniende Ritter aus dem Stein herausarbeiten. Die Ritter sollten Kaiser Karl IV. und seinem Sohn Wenzel ähnlich sehen. In Prag hatte Heinrich Parler eine Zeichnung dieser Figuren nach den Vorgaben des Priors angefertigt. Er wollte auch das Tympanon gestalten, und sein Neffe Thomas sollte ihm assistieren. Aber nach seinem Tod musste nun Thomas zeigen, was er gelernt hatte, und die Figuren, so gut er konnte, gestalten. Andreas sollte ihm dabei helfen.

Thomas hatte die Umrisse der Figuren auf die Sandsteinplatte aufgezeichnet und ließ Andreas das überstehende Steinmaterial entfernen. Dann kam der schwierigste Teil ihrer Arbeit: das Herausarbeiten der Figuren mit Klöppel und Meißel.

Michael schwang in seiner Werkstatt den Hammer und plättete Blattgold-Quadrate. Rupert war aus der Meierei noch nicht zurückgekehrt. Aber Simon kam und versuchte Michael mit Zeichensprache zu signalisieren, dass er ihm beim Behämmern des Blattgoldes helfen wollte.

Michael musste grinsen und sagte: „Bruder Simon, ich habe verstanden, was Ihr mir sagen wollt. In meiner Werkstatt könnt Ihr aber auch mit mir sprechen. Ich entbinde Euch vom Schweigegelübde. Aber nur in diesem Raum."

Simon lächelte, schüttelte den Kopf und hielt sich die rechte Hand vor den Mund.

Michael lächelte zurück und sagte: „Novize Simon, ich will Euch nicht dazu verführen zu reden, aber eine Unterhaltung ist einfacher zu führen, wenn alle Beteiligten sprechen."

Simon nickte und zuckte dann mit den Schultern. Dann legte er sich wieder die Hand auf den Mund.

„Ich habe verstanden", sagte Michael. „Dann rede nur ich, und Ihr versucht Euch mit Zeichensprache verständlich zu machen. Einverstanden?"

Simon nickte mit dem Kopf.

„Novize Simon", fuhr Michael fort, „ich habe eine Aufgabe für Euch. Bringt mir bitte alle Werkzeuge, die sich in den Räumen dieser Bauhütte befinden. Ich möchte sie hier in meiner Werkstatt lagern. Dann prüft Ihr, ob sie am Schleifstein geschärft werden müssen oder völlig untauglich sind."

Simon schaute Michael mit einem etwas hilflosen Blick an.

„Soll das heißen, dass Ihr nicht beurteilen könnt, ob ein Werkzeug unbrauchbar ist oder nicht?", fragte Michael und grinste.

Novize Simon nickte wieder mit dem Kopf.

„Ich aber", sagte Michael, „und ich glaube, dass Ihr das auch lernen könnt."

Simon nickte wieder mit dem Kopf, stand auf und verließ Michaels Werkstatt.

Kurz darauf kam auch Rupert zurück. Er half Michael beim Behämmern des Blattgoldes und führte den Hammer wie ein Goldschläger.

Im Laufe des Nachmittags erledigte Simon seine Arbeit. Michael zeigte ihm, wie man die Steinmetz-Werkzeuge und die Hämmer auf ihre Tauglichkeit überprüft.

Simon lernte schnell, unterbrach aber seine Arbeit zweimal, weil er am Nachmittagsgebet und am Abendgebet der Mönche teilnehmen musste. Danach kam er nicht mehr zur Bauhütte zurück, denn nach dem Abendgebet nahm er gemeinsam mit seinen Brüdern das Abendessen ein.

Voller Stolz schauten Thomas und Andreas am frühen Abend auf die Steinplatte, die sie mit ihren Klöppeln und Meißeln bearbeitet hatten. Thomas war mit den groben Andeutungen von Figuren zufrieden, die sie aus der Steinplatte herausgearbeitet hatten. Von einem kunstvoll gestalteten Tympanon war das Arbeitsstück aber noch weit entfernt.

Sie beschlossen, ihren Arbeitstag zu beenden. Das Abendbrot der Mönche hatten sie verpasst, aber vom Frühstück war noch reichlich übriggeblieben. Also aßen und tranken sie im Aufenthaltsraum der Bauhütte.

Rupert schlug vor, aus der Meierei Bier zu holen, das in der Nähe der Meierei gebraut wurde. Dieser Vorschlag wurde begeistert angenommen. Also gingen Rupert und Michael zur Meierei. Sie kamen mit vier großen, mit Bier gefüllten Krügen und einem geräucherten Schinken wieder zurück.

Die Steinmetze, der Goldschläger und der Bauarbeiter ließen sich das Brot, den Schinken, den Käse und das Bier schmecken. Und sie waren sich einig, dass sie selten so gute Speisen gegessen und so würziges Bier getrunken hatten.

Nach dem Abendessen ging Rupert hinunter ins Dorf, zum Haus seiner Familie. Michael, Thomas und Andreas stiegen den Oybin hinauf zum Amtshaus, um ihren Schlafsaal aufzusuchen. Dort angekommen hatten sie nach dem anstrengenden Tag nur noch den Wunsch zu schlafen.

Michael lag in seinem Bett, war schrecklich müde, konnte aber nicht einschlafen. Er ließ den Tag noch einmal in Gedanken an sich vorüberziehen. Seine Gedanken schlugen Purzelbäume. Er versuchte sie zu ordnen.

Nachdem er sich noch einige Male von der rechten auf die linke Seite des Bettes und wieder zurück gewälzt hatte, war er eingeschlafen.

Michael träumte, dass er die Gewölberippen der Kaiserkapelle mit Bleiweiß grundiert und mit dem Pinsel das Blattgold aufgetragen hatte. Aber dann lösten sich alle Blattgoldplättchen und fielen zu Boden. Er wollte vom Gerüst steigen und sie aufheben, aber dann sah er, wie Bruder Pirmin das Gerüst unten ansägte und zum Einsturz brachte. Er stürzte und fiel auf die auf dem Boden liegenden Blattgoldplättchen. Sie begruben ihn unter sich.

Als er sich aus dem Blattgoldhaufen befreit hatte, sah er Simon vor sich stehen. Simon lachte. Er trug die Kleidung eines Mädchens.

Pirmins Tod

Bruder Pirmin saß an seinem Schreibplatz in der Bibliothek. Er war mit der Abschrift eines Textes aus dem Buch mit den Schriften des Heiligen Franz von Assisi beschäftigt.

Der Mönch tauchte die Feder in die schwarze Tinte und versuchte eine Überschrift auf das Pergament zu schreiben. Es wollte ihm nicht so recht gelingen. Er war nicht konzentriert bei der Sache. Seine Gedanken schweiften ab. Immer wieder tauchten vor seinen Augen der Goldschläger und die Steinmetze auf. Ihre Gesichter sahen genauso aus wie das Gesicht des Mädchens. Der Geist des Mädchen, davon war er fest überzeugt, hatte von den Körpern des Goldschlägers und der Steinmetze Besitz ergriffen. Er musste sie töten, dann würde ihn auch der Geist des Mädchens nicht mehr verfolgen.

Bruder Pirmin beendete seine Arbeit und nahm aus der Schublade seines Schreibpultes einen Dolch. Er verließ die Bibliothek.

Der Weg zum Amtshaus, in dem sich der Schlafsaal der Mönche, aber auch der Schlafsaal der Gäste befand, war nicht beleuchtet. Bruder Pirmin kannte ihn aber so gut, dass er ihn mit verbundenen Augen gefunden hätte.

Auf der rechten Seite lag das Backhaus. Links war der Weg durch eine niedrige Mauer begrenzt, die die Fußgänger vor dem Abgrund schützen sollte.

Da war es wieder: das Gesicht des jungen Mädchens. Er sah es ganz deutlich vor sich. Es war schmerzverzerrt, denn er hatte dem Folterknecht befohlen, vier scharfe Spitzen in das Fleisch unter ihrem Kinn und in das Brustbein zu bohren. So, dass es den Kopf nicht mehr bewegen und nur noch unverständlich reden und kaum noch Schmerzensschreie von sich geben konnte.

„Ich schwöre ab!", sollte das Mädchen sagen. Das hatte er ihm befohlen. Und dann stammelte sie diese drei Worte.

Bruder Pirmin glaubte Schritte zu hören. Er drehte den Kopf, konnte aber in der Dunkelheit, obwohl der Mond schien, kaum etwas erkennen. Die Geräusche beunruhigten ihn. Er ging schneller. Da waren sie wieder, die Schrittgeräusche.

Der Mönch blieb stehen und schaute sich um. Er glaubte im Halbdunkel eine Gestalt erkennen zu können, die mit einer Kutte und einer Kapuze bekleidet war. Sie kam auf ihn zu. Er fasste den Griff des Dolches, den er in der Hand hielt, noch fester, ging noch schneller und schaute sich wieder um.

Die Gestalt war näher gekommen. Diesmal konnte er auch ihr Gesicht erkennen. Es war das Gesicht des Mädchens aus Angermünde, das die Qualen der Folter nicht überlebt hatte. Er war sicher, dass ihr Geist nun auch von dem Körper eines seiner Brüder Besitz ergriffen hatte.

Bruder Pirmin geriet in Panik. Er war sicher, dass der Geist des toten Mädchens ihn verfolgte, um sich zu rächen, und rannte um sein Leben. Er verlor die Orientierung und stieß gegen die niedrige Mauer, die den Weg vom Abgrund trennte.

Bruder Pirmin strauchelte und stürzte zu Boden. Er spürte den Griff des Messers nicht mehr in seiner rechten Hand. Es musste in die Schlucht gefallen sein.

Bruder Pirmin versuchte sich wieder aufzurichten. Das gelang ihm. Mit seinen Händen griff er nach einem Halt, fand ihn aber nicht.

Da war sie wieder, die Gestalt mit dem Gesicht des Mädchens. Sie kam näher. Immer näher. Bruder Pirmin wich einen Schritt zurück. Und dann spürte er einen Stoß, der ihn an der Brust traf und zu Boden warf. Er stand wieder auf.

Das Gesicht des Mädchens war nun ganz nah. Er konnte seinen Atem riechen. Bruder Pirmin versuchte den Hals der Gestalt mit seinen Händen zu umklammern. Er spürte die Glieder einer Kette und einen Gegenstand, der an ihr hing. Den hielt er fest und zog daran, bis er ihn abgerissen hatte. Dann spürte er einen Stoß gegen seine Brust, der ihn nach hinten taumeln ließ.

Bruder Pirmin versuchte mit seinen Füßen Halt auf dem Boden zu finden, aber er hatte das Gefühl zu fliegen. Dann schlug sein Körper hart auf dem Boden der Schlucht auf. Bevor er starb, sah er noch einmal die schmerzverzerrte Fratze des Mädchens.

Das geheimnisvolle Kreuz

Wie an jedem Morgen besuchten alle Mönche auch am nächsten Morgen den Frühgottesdienst Prim in der Klosterkirche. Danach gingen sie zum Kapitelsaal, um sich dort zu versammeln.

Michael verließ das Amtshaus, um zur Bauhütte zu gehen. Er wollte sich allein auf den Weg machen, denn er hatte es nicht geschafft, Thomas und Andreas so früh am Morgen zu bewegen, ihr Bett zu verlassen.

Michael sah, dass Bruder Viktor die Gruppe der Mönche verlassen hatte. An der niedrigen Mauer, gegenüber dem Backhaus, blieb er stehen und schaute hinunter in die Schlucht.

Michael war neugierig geworden und trat neben ihn. Er schaute nach unten und sah auf dem Boden der Schlucht eine Gestalt liegen.

Bruder Viktor musste sie auch gesehen haben. Er gab Michael ein Zeichen ihm zu folgen. Sie gingen durch die Burgtore hinunter ins Tal.

Jemand muss in die Schlucht gefallen sein, dachte Michael. Einen Sturz vom Burghof hatte derjenige sicher nicht überlebt. Bruder Viktor wusste, wie man auf halbwegs normalem Weg den Bereich der Schlucht erreichen konnte, in dem derjenige lag, den er und Michael gesehen hatten.

Dort lag Bruder Pirmin mit verrenkten Gliedern. Michael

trat an den Mönch heran und fühlte seinen Puls. Er spürte keinen Herzschlag mehr. Bruder Pirmin war tot.

Neben ihm lagen ein Dolch und ein Kreuz, das an einer zerrissenen Kette hing. Bruder Viktor nahm das Kreuz und schaute es sich genau an. Seine Hand begann zu zittern und sein Gesicht hatte den Ausdruck, als ob ihm der Leibhaftige erschienen wäre.

Auch Michael schaute sich das Kreuz genau an. Es schien aus Silber zu sein und war mit zwei Edelsteinen verziert. Das Kreuz kam Michael bekannt vor. Er hatte es irgendwo schon einmal gesehen. Aber wo?

„Trug Bruder Pirmin dieses Kreuz?", fragte Michael.

Bruder Viktor schüttelte den Kopf.

„Wem gehörte es?", fragte Michael weiter.

Bruder Viktor reagierte nicht auf die Frage, nahm das Kreuz und steckte es in eine Tasche seiner Kutte. Auch den Dolch ließ er in einer Tasche seines Gewandes verschwinden.

Dann signalisierte er Michael, ihm zu folgen. Sie gingen zur Rossmühle. Dort ließ sich Bruder Viktor von den Pferdeknechten einen Handwagen aushändigen. Er zog ihn zu der Stelle der Schlucht, wo der tote Mönch Pirmin lag.

Michael half Bruder Viktor, den Leichnam auf den Handwagen zu laden. Sie zogen ihn den Berg hinauf bis zum Kaiserhaus.

In diesem Moment verließen Thomas und Andreas das Amtshaus, um zur Bauhütte zu gehen. Sie sahen, wie Michael und Bruder Viktor den toten Bruder Pirmin vom Handwagen luden und ins Kaiserhaus trugen. Sie folgten ihnen.

Im Kapitelsaal angekommen, legten Michael und Bruder Viktor den Toten auf den Boden. Alle Mönche, die sich dort versammelt hatten, schauten mit entsetzten Blicken auf die leblose Gestalt. Dann erhoben sie sich von ihren Plätzen und traten näher heran.

Auch Thomas und Andreas mischten sich unter die Mönche. Bruder Viktor holte ein Leinentuch und legte seinen toten Bruder darauf.

Michael konnte noch einmal einen Blick auf die Gestalt werfen, die da mit getrocknetem Blut bedeckt und mit verrenkten Gliedmaßen auf dem Tuch lag. Er hatte das Gefühl, dass die leblosen Augen des toten Mönches ihn angstvoll anstarrten.

Und dann kam Prior Petrus. Er drängte einige Mönche zur Seite und trat dicht an den Leichnam heran.

„Ehrwürdiger Vater", sagte Bruder Viktor und verbeugte sich tief, „ich habe Bruder Pirmin in der Schlucht liegen sehen und ihn geborgen. Michael Parler hat mir dabei geholfen. Bruder Pirmin muss von der Mauer, gegenüber dem Backhaus, in die Schlucht gesprungen sein."

„Du vermutest, dass er sich das Leben genommen hat?", fragte der Prior. „Ich kann mir nicht vorstellen, dass sich Bruder Pirmin, der mich, genau wie du, zu inquisitorischen Untersuchungen nach Angermünde begleitet hat, Selbstmord beging. Welchen Grund sollte er dafür gehabt haben?"

„Bruder Pirmin litt seit seiner Rückkehr aus Angermünde an Albträumen", bemerkte der Cellerar.

„Albträume sind kein Grund, sich das Leben zu nehmen", erwiderte der Prior. „Bruder Pirmin war im Glauben gefestigt und wie ich überzeugt, dass Ketzer, die die kirchliche Macht in Frage stellen, zum rechten Glauben zurückgeführt werden müssen. Manchmal mussten wir etwas härtere Verhörmethoden anwenden und, wenn es gar nicht anders ging, Ketzer dem weltlichen Gericht überstellen.

Bruder Pirmin hat bei den Verhören der Waldenser immer nur seine christliche Pflicht erfüllt. Ich glaube, dass ihn jemand, der ihm Böses wollte, in den Abgrund gestoßen hat. Wahrscheinlich derjenige, der das blutbeschmierte Messer und das angesengte Stück Holz an meinem Reisewagen befestigt hat. Ich werde ihn finden."

Der Prior kniete vor Bruder Pirmin nieder und betete leise. Dann segnete er ihn und drückte ihm die Augen zu. Und zum Cellerar gewandt sagte er: „Lasst Bruder Pirmin aufbahren und teilt Mönche zur Totenwache ein. Drei Tage lang wollen wir ihm diese letzte Ehre erweisen. Danach soll er auf unserem Friedhof beigesetzt werden. Der Herr sei seiner Seele gnädig."

„Ich werde alles regeln, ehrwürdiger Vater", sagte der Cellerar, faltete seine Hände und verbeugte sich unterwürfig.

ध

Zeichensprache

Michael, Thomas und Andreas verließen das Kaiserhaus und gingen den Berg hinunter zur Bauhütte. Michael schlug Gold zu hauchdünnen Plättchen und schnitt daraus Quadrate. Rupert und Simon halfen ihm dabei. Thomas und Andreas arbeiteten an dem Tympanon weiter.

Andreas hatte noch nie Figuren aus einem Stein herausgemeißelt. Als Steinmetz war er immer mit den groben Arbeiten beauftragt worden. Thomas machte ihn mit den Techniken eines Steinbildhauers vertraut. Andreas lernte schnell und war Thomas eine große Hilfe.

Nach dem Morgengebet, der Terz, kam Novize Simon zurück. Michael und Rupert hatten schon wieder einige der Goldbarren zu einem Band plattgewalzt. Und dann schnitten sie wieder aus dem Band Blattgoldquadrate und stellten sie zwischen Pergamentpapier zu einer Form zusammen. Auf diese Form schlugen sie mit ihren Hämmern ein und schufen Quetschgold.

Und dann schnitten sie daraus erneut Quadrate und schichteten sie zwischen der Goldschlägerhaut. Die so entstandene Form plätteten Michael, Rupert und Simon wieder mit ihren Hämmern.

Um halb 12 Uhr bat Michael Rupert, zur Meierei zu gehen und Brot, Milch und Schinken zu holen. Er, Thomas und Andreas hatten sich vorgenommen, das Mittagessen heute nicht gemeinsam mit den Mönchen einzunehmen, sondern in der Bauhütte zu bleiben. Das Brot, der Schinken, der Käse und die Milch aus der Meierei schmeckten ihnen genauso gut wie das Mittagessen im Speisesaal. Die Brotzeit in der Bauhütte hatte auch den Vorteil, dass sie ihre Arbeit nicht so lange unterbrechen mussten. Sie waren voller Tatendrang und wollten vorankommen.

Als Rupert die Werkstatt verlassen hatte, arbeitete Michael mit Simon weiter. Er bemerkte, dass der Novize müde wurde und sein Hammer immer kraftloser auf die Goldschlägerhaut schlug.

Michael lächelte und sagte: „Wir haben uns eine Pause verdient."

Sie legten ihre Hämmer auf die Werkbank und setzten sich auf die Holzschemel.

Michael reichte Simon einen kleinen Holzkrug und füllte ihn aus einem großen Steinkrug mit Brunnenwasser. Auch er nahm einen Krug und schenkte sich von dem Wasser ein. Die beiden tranken mit gierigen Zügen, denn die Arbeit hatte sie durstig gemacht.

„Darf ich dich mit ‚du' anreden?", fragte Michael. „Ich dachte, weil wir ja etwa im gleichen Alter sind …"

Simon nickte und lächelte.

„Simon, du hast gut gearbeitet", sagte Michael und trank seinen Krug leer.

Simon schüttelte den Kopf und deutete mit einer langsamen Schlagbewegung der rechten Hand an, dass er den Hammer nicht kraftvoll genug bewegt hatte.

„Ich habe deine Zeichensprache verstanden", sagte Michael lächelnd. „Aber vieles kannst du mit Gesten und Mimik sicher nicht darstellen. Nehmen wir mal an, du möchtest gleich beim

Mittagessen Käse essen. Du kannst ihn aber nicht erreichen. Wie gibst du einem Mönch, der den Käse mühelos nehmen kann, zu verstehen, dass du ihn haben möchtest?"

Simon presste die Hände zusammen.

„Du presst also die Hände zusammen, und dann weiß dein Tischnachbar, dass du den Käse haben möchtest?", fragte Michael staunend.

Simon nickte und griff sich mit der rechten Hand an die Gurgel. Dann schaute er Michael fragend an.

„Bedeutet das, dass ich jetzt raten soll, was du haben möchtest?", fragte der.

Simon nickte wieder.

„Ich denke, deine Geste bedeutet, dass ich dich erwürgen soll?"

Simon schüttelte heftig den Kopf und versuchte zu vermeiden lauthals loszulachen. Dann verzog er seine Mundwinkel, als ob er etwas Saures geschluckt hätte.

„Ich glaube, jetzt weiß ich, was du meinst: Essig."

Simon nickte zustimmend und lächelte.

„Weißt du, was ich manchmal denke?", fragte Michael und schaute Simon tief in die Augen. „Es wäre schön, wenn du ein Mädchen wärst. Ich habe mal ein Mädchen kennen gelernt, das sah dir sehr ähnlich. Es hatte auch so schöne braune Augen, wie du. Ich war sehr verliebt in sie. Aber sie hat meine Gefühle leider nicht erwidert. Und jetzt habe ich auch wieder solche Gefühle, obwohl du ein Junge bist. Ich kann nichts dagegen tun." Simon errötete und schlug die Augen nieder.

Aus den beiden Türmen der Klosterkirche klang Glockengeläut. Die Glocken riefen zur Sext, dem Mittagsgottesdienst. Simon legte seine rechte Hand auf Michaels linken Arm und streichelte ihn sacht. Dann verließ er die Bauhütte und kam auch am Nachmittag nicht mehr wieder.

Michael, Thomas und Andreas blieben heute den ganzen Tag lang in der Bauhütte und arbeiteten. Zwischendurch aßen und tranken sie das, was Rupert aus der Meierei holte.

Am Abend gingen sie mit schweren Schritten den Berg hinauf, um sich im Amtshaus in ihrem Schlafsaal zur Ruhe zu legen.

Blattgold schlagen und Figuren aus einem Stein herausmeißeln machen müde. Michael konnte seinen rechten Arm kaum noch heben. Das Hämmern des Blattgoldes hatte all seine Kräfte gefordert.

Er dachte an den toten Bruder Pirmin, den er gemeinsam mit Bruder Viktor aus der Schlucht geholt hatte. War er freiwillig in die Schlucht gesprungen, weil er seine Albträume nicht länger ertragen konnte, oder war er gestoßen worden? Aber warum sollte ihn einer der Mönche in die Schlucht gestoßen haben?

Und welche Bedeutung hatte das Messer, das neben ihm lag? Auf jeden Fall war es nicht die Tatwaffe, denn an seiner Klinge klebte kein Blut.

Michael hatte am Körper des Toten auch keine Stichwunden entdecken können. Vielleicht trug Bruder Pirmin ein Messer bei sich, um sich gegen die Verfolger mit den Mädchengesichtern zu wehren. Wer war dieses Mädchen?

Michael dachte an das Kreuz, das neben dem Toten lag. Bruder Pirmin konnte es nicht getragen haben, denn es hätte sich nach seinem Sturz bestimmt nicht von seinem Hals gelöst. Die Kette, an der das Kreuz hing, musste einer zerrissen haben.

Vielleicht war Bruder Pirmin von einem Mönch in die Schlucht gestoßen worden, der dieses Kreuz als Halsschmuck trug. Er wehrte sich, riss seinem Mörder die Kette mit dem Kreuz vom Hals und fiel in die Schlucht.

Michael erinnerte sich auch noch an Bruder Viktors angstvollen Gesichtsausdruck und seine zitternden Hände, als er das Kreuz berührte. Gehörte es ihm? Hatte er Bruder Pirmin in die Schlucht gestoßen?

Michael überlegte, wo er das Kreuz schon einmal gesehen hatte. Doch er konnte sich nicht erinnern, wo.

Michael schlief schnell ein. Im Traum sah er den toten Mönch. Seine angstvollen Augen starrten ihn vorwurfsvoll an. So, als ob er ihn für seinen Tod verantwortlichen machen wollte.

Nächtlicher Treff

Nach diesem Traum wachte Michael auf. Er wusste nicht, wie lange er geschlafen hatte, aber er war durch ein Geräusch geweckt worden.

Es waren leise Schritte. Thomas verließ den Schlafsaal. Oder war es Andreas? Es war im Raum zu dunkel, um zu erkennen, wer es war.

Vielleicht hat er ein dringendes Bedürfnis, dachte Michael. Aber seine Neugier war stärker. Er zog seine Kleidung und seine Schuhe an und verließ den Schlafsaal.

Auf dem Flur angekommen hörte Michael wieder leise Geräusche, die wie Schritte klangen. Er folgte diesen Geräuschen, tastete sich an den Flurwänden des Amtshauses entlang. Seine Augen konnten sich an das Dunkel nur schlecht gewöhnen. Er horchte. Die Geräusche waren nicht mehr zu hören. Er schaute sich um und lauschte. Es war zu dunkel, um etwas erkennen zu können. Er tastete sich an der Wand entlang und versuchte, so leise wie möglich zu gehen. Dann wurde es heller. Der Mond schien durch ein großes Fenster und tauchte den Raum in ein gespenstisches Halbdunkel.

Michael konnte erkennen, dass er sich im Vorsaal befand, einem Gewölbe, das das Amtshaus mit dem Schalenturm und dem ehemaligen Wohnturm des Heinrich von Leipa verband.

Michael betrat den engen Schalenturm. Und dann hörte er gedämpfte Stimmen. Sie mussten aus einem Gewölbe kommen, dass unter dem Vorsaal lag. Er stieg die Holzleiter hinunter und stand vor einer Tür. Geräuschlos ging das nicht, denn die Leiter knarrte unter seinen Füßen.

Michael überlegte, ob er die Tür öffnen sollte. Er tat es nicht. Michael glaubte, dass die Stimmen aus dem Gewölbe kamen, das hinter der Tür war. Er konnte sie auch von hier aus gut hören, setzte sich auf eine Stufe der Holzleiter und lauschte.

Michael hörte eine männliche Stimme.

„Hat einer der Mönche bemerkt, dass du den Schlafsaal verlassen hast, Anna?", fragte sie.

Das ist Andreas' Stimme, dachte Michael und war so überrascht, dass er fast von der Leiter gerutscht wäre. Warum hatte er den Schlafsaal verlassen? Mit wem trifft er sich hier unten? Wer ist das Mädchen, das Andreas Anna genannt hatte? Und dann hörte er ihre Stimme.

„Nein", antwortete die mit Anna Angesprochene, „ich hatte das Gefühl, sie schliefen fest, als ich ihn verließ. Und du? Konntest du auch unbemerkt den Gäste-Schlafsaal verlassen?"

„Ja, meine Liebe", antwortete Andreas, „Thomas und Michael schliefen fest."

Das, was Michael da gehört hatte, traf ihn wie ein Schlag. Wer hatte den Schlafsaal der Mönche verlassen, um sich mit Andreas zu treffen? Das kann nur Simon sein! Die mädchenhafte Stimme passte zu ihm.

Simon ist also doch ein Mädchen, dachte Michael. Er heißt Anna. Andreas und Anna kennen sich oder hatten sich hier im Kloster kennen gelernt. Vielleicht, als sie sich nach unserer Ankunft gemeinsam um die Pferde gekümmert hatten. Ich bin wohl einer beginnenden Liebesbeziehung unseres Mitarbeiters Andreas zum Novizen Simon alias Anna auf die Schliche gekommen.

„Ich bin so glücklich, dass du bei mir bist", hörte Michael Anna sagen.

„Ich bin auch glücklich", erwiderte Andreas.

Michael musste ein Niesen unterdrücken, das aber wohl doch noch so laut klang, dass Anna es bemerkt hatte.

„Psst, Andreas!", sagte sie leise. „Ich habe da eben ein Geräusch gehört. Wir sollten …"

Michael verließ seinen Lauschposten und stieg so leise wie möglich die Holzleiter wieder hinauf und kehrte ins Amtshaus zurück.

Als er im Gäste-Schlafsaal eingetroffen war, zog er seine Kleidung und seine Schuhe aus und legte sich in sein Bett. Es war ruhig im Raum.

Michael überlegte, ob er Andreas, wenn er in den Schlafsaal zurückkommen würde, zur Rede stellen sollte. Aber dann verwarf er diesen Gedanken wieder. Morgen würde sich bestimmt eine Gelegenheit ergeben, mit ihm über seinen nächtlichen Treff mit Simon, die sich ja als Anna entpuppt hatte, zu reden.

Michael wälzte sich von einer Seite auf die andere, aber er konnte wieder nicht einschlafen. Der Novize Simon ist also, wie ich schon vermutet habe, ein Mädchen, dachte er. Anna heißt sie. Andreas hatte das anscheinend schon vor ihm herausgefunden. Meine Liebe, so hatte er sie genannt. Michael war auf Andreas eifersüchtig, aber er wollte es sich nicht eingestehen.

Aber auf eine Frage fand er keine halbwegs plausible Antwort: Warum täuscht ein Mädchen vor, ein Junge zu sein, um dem Männerorden der Cölestiner beitreten zu können? Er wäre nicht einmal als Junge auf die Idee gekommen, Mönch zu werden.

War Anna die waldensische Rächerin, die in das Oybiner Kloster eingetreten war, um Petrus Zwicker und seine Helfer Pirmin und Viktor zu ermorden? Darüber grübelte er noch eine Weile nach und schlief dann ein.

Michael wusste nicht, wie lange er geschlafen hatte. Ein Geräusch hatte ihn geweckt. Es waren Schritte.

Jemand kam in den Schlafsaal. Er ging fast lautlos zu seiner Schlafstatt. Michael hörte, wie er sich leise die Schuhe auszog, sich entkleidete und sich in sein Bett legte. Andreas!

ध

Die Offenbarung

Am nächsten Morgen wurde Michael kurz vor 7 Uhr wach und weckte Thomas und Andreas. Er überlegte, ob er Andreas wegen seines nächtlichen Treffens mit Simon, der sich als Mädchen Anna entpuppt hatte, zur Rede stellen sollte. Er entschied sich aber dafür, damit erst einmal noch zu warten. Michael, Thomas und Andreas zogen ihre Arbeitskleidung an und gingen zur Bauhütte.

Rupert war schon da und hatte für alle aus der Meierei Milch, Wasser, Brot, Käse und Honig geholt. Sie ließen sich das Frühstück schmecken.

Nachdem sich alle mit Speis und Trank gestärkt hatten, verließen Thomas und Andreas den Aufenthaltsraum, um im Nebengebäude weiter an dem Tympanon zu arbeiten.

Michael beauftragte Rupert, noch mehr Blattgoldquadrate zu schlagen und zu beschneiden. Er wartete auf das Mädchen, das sich Simon nannte. Sie sollte ihm helfen, die Gewölberippen in der Kaiserkapelle zu grundieren.

Michael stellte die Werkzeuge und die Materialien, die er für die Arbeit in der Kaiserkapelle benötigte, zusammen. Er brauchte einige Pinsel, Holzlöffel, Lappen, eine Bürste und Tonschalen. Außerdem Leinöl, ein Öl, das aus Leinsamen gewonnen wird.

Rupert zeigte ihm, wo er es finden konnte. In einem Nebenraum der Bauhütte standen einige Behälter mit diesem Öl, das für die Grundierung der Gewölberippen wichtig war.

Michael nahm einen dieser Behälter und stellte ihn vor der Bauhütte ab. Dann nahm er einen leeren Krug und füllte ihn mit Wasser aus dem großen Fass.

Zum Grundieren der Gewölberippen benötigte er auch noch Bleiweiß. Er wusste, wo es in Ledersäcken verpackt in einem der Nebenräume der Bauhütte lagerte. Einen der Säcke nahm er und trug ihn zum Eingangsbereich der Bauhütte.

Mit Bleiweißpulver und Leinöl wollte er die Gewölberippen bestreichen und darauf dann in einigen Tagen mit einem Pinsel das Blattgold tupfen.

Simon alias Anna sollte ihm bei dieser Tätigkeit helfen. Während der Arbeit wollte Michael ihr sagen, dass er ihr Geheimnis entdeckt hatte. Er war gespannt, wie sie darauf reagieren würde.

Michael überlegte. Das dicke Buch, in welchem er das fertige, hauchdünne Blattgold zwischen die Seiten gelegt hatte, musste er noch nicht mitnehmen. Er konnte das Blattgold heute noch nicht anbringen, denn zuerst musste er auf die Gewölberippen die Grundierung auftragen.

Michael, Anna und Rupert trugen einen Sack Bleiweiß, den Behälter mit Leinöl, den Wasserkrug und die Werkzeuge bis zum Lastenaufzug an der Rossmühle. Michael hielt es nicht für erforderlich, die wenigen Sachen mit einem Pferdewagen auf den oberen Bereich der Klosteranlage zu transportieren.

Um den Lastenaufzug zu erreichen, mussten sie eine Zugbrücke und den ersten Torturm durchqueren. Dann kamen sie in den Bereich der Vorburg an der Rossmühle. Sie sahen das

Arbeitspferd, das dort den Göpel bewegte und damit den Lastenaufzug in Bewegung setzte.

Anna ging den Weg zum Wohnturm hinauf, wo der Lastenaufzug mit den Materialien ankommen sollte. Michael bat sie, die Sachen oben anzunehmen.

Am Lastenaufzug an der Rossmühle waren zwei Knechte damit beschäftigt, Holzbündel zusammenzuschnüren.

Rupert bat sie, ihre Arbeit zu unterbrechen und den Transport der Sachen aus der Bauhütte vorzuziehen.

Die Knechte waren sehr hilfsbereit und füllten einen Transport-Korb mit dem Sack Bleiweiß, dem Leinöl-Behälter und den anderen Sachen. Das Pferd lief los, und mit Hilfe des Göpels wurde der Korb nach oben transportiert.

Michael schickte Rupert zur Bauhütte zurück. Dort sollte er seine Arbeit als Goldschläger fortsetzen.

Nachdem sich Michael überzeugt hatte, dass Simon alle Sachen oben im Wohnturm angenommen hatte, machte auch er sich auf den Weg zum oberen Klosterbereich. Er ging zu Fuß.

Als Michael die Klosterkirche betrat und dann zur Kaiserkapelle weiterging, sah er, dass Anna die Materialien bereits mit einem Transportwagen dorthin gebracht hatte.

Michael und Anna trugen die für die Grundierung erforderlichen Sachen bis zum oberen Tragbalken des Gerüstes hinauf. Michael nahm Bleiweiß und rieb es mit Leinöl auf die Gewölberippen, die er vorher geglättet hatte. Danach strich er mit einem flachen Pinsel mehrfach mit etwas Leinöl angerührtes Bleiweiß dick auf. Er glättete es mit einer Bürste und manchmal mit seinen Händen.

Diese Arbeiten führte er solange fort, bis die Gewölberippen glatt wie Glas waren. Anna assistierte ihm dabei. Sie reichte ihm Pinsel und Bürste und die Schalen mit dem Bleiweiß, dem Leinöl und dem Wasser an. Manchmal auch einen Lappen.

Nach einer Stunde musste Michael eine Pause einlegen, denn die Grundierung der Gewölberippen war sehr anstrengend.

Er und Anna stiegen vom Gerüst herunter und setzten sich auf eine der Altarstufen.

Ich muss es ihr sagen, dachte Michael. Sie soll wissen, dass ich herausbekommen habe, dass sie kein junger Mann, sondern ein Mädchen ist und dass ich von ihrem heimlichen Treffen mit Andreas weiß.

Michael schaute sie an und sagte: „Was ich dich fragen wollte, Anna: Arbeitest du eigentlich gern mit mir zusammen?"

Das Gesicht des Mädchens hatte sich verfärbt. Es war kreidebleich geworden. Anna stand nur bewegungslos da und schaute Michael mit angstvollen Augen an.

Dann sagte sie: „Anna! Ja, ich heiße Anna! Und ich arbeite gern mit dir zusammen."

Sie schaute ihn überrascht an. Er erwiderte ihren Blick und konnte ihre Augenfarbe erkennen. Sie hatte sehr schöne braune Augen.

„Du musst keine Angst haben", sagte Michael, dem es schon wieder leid tat, dass er sie so überrumpelt hatte. „Ich werde niemandem erzählen, dass ich hinter dein Geheimnis gekommen bin."

Anna schien einen Moment zu überlegen, ob sie dem, was Michael sagte, Glauben schenken konnte. Dann fragte sie: „Wie hast du herausgefunden, dass ich ein Mädchen bin? Hast du in der vergangenen Nacht an der Tür gelauscht?"

Michael nickte. Er fühlte sich ertappt, wie ein kleiner Junge, der einen Apfel gestohlen hatte.

„Ich bin Andreas gefolgt, als er unseren Schlafsaal verlassen hat", sagte Michael. „Dann habe ich hinter einer Tür, die zu dem Gewölbe unter dem Vorsaal führt, deine und Andreas' Stimme gehört. Ich wusste nicht, dass sich Andreas heimlich mit dir trifft, und war sehr überrascht."

„Glaubst du, dass Andreas mein Geliebter ist?"

„Ja! Er war sehr zärtlich zu dir und nannte dich: meine Liebe." Anna lachte.

„Andreas ist mein Bruder", sagte sie.

„Dein Bruder?", fragte Michael und schaute Anna mit einem so überraschten Blick an, dass sie wieder lachen musste.

Dann sagte er: „Ich glaube, ich bin nicht nur einem deiner Geheimnisse auf die Schliche gekommen. Du musst mir so einiges erklären."

„Ich werde dir alles erklären", sagte sie. „Aber ich kann es noch nicht. Bitte, dränge mich nicht!"

Michael empfand den Wunsch, sie spontan zu umarmen. Aber er traute sich nicht, denn er hatte Angst, dass sie dieses Zeichen von Zuneigung brüsk zurückweisen würde.

„Ich muss dir auch ein Geheimnis verraten", sagte er und merkte, dass sein Blutdruck anstieg und er errötete. „Ich weiß nicht, wie ich es sagen soll …"

„Macht nichts", antwortete sie, legte ihre linke Hand auf seine rechte Hand und streichelte sie sanft. Sie lächelte ihn an.

„Es ist nicht schwierig, dein Geheimnis zu durchschauen."

Michael nahm Annas linke Hand und streichelte sie.

So saßen sie eine Zeit lang schweigend da und kamen sich näher. Er spürte die Wärme ihres Körpers, und sein Herz schlug Purzelbäume.

Die Glocken der beiden Kirchtürme läuteten zur Gebetsstunde Terz, der Gebetsstunde um neun. Anna erhob sich. Sie sah auf ihre linke Hand, die mit Bleiweiß grundiert war. Michaels Rechte hatte abgefärbt. Anna lachte, beugte sich zu ihm hinunter, schlang ihre Arme um seinen Hals und strich ihm mit ihrer linken Hand sanft durch das Gesicht. Sie lächelte und sagte: „Die weiße Schminke steht dir gut!"

Dann hauchte sie ihm einen Kuss auf den Mund. Michael spürte eine Mischung aus nie erlebtem Glücksgefühl und Verlegenheit. Er errötete bis in die Haarspitzen. Anna erhob sich und sagte: „Die Glocken rufen zum Gebet. Ich muss gehen."

Ein glückliches Lächeln spielte um ihren Mund. Sie nickte Michael noch einmal zu und verließ die Kaiserkapelle.

Nach der Gebetsstunde Terz kehrte Anna zurück. Sie half Michael den ganzen Tag lang bei der Grundierung der Gewölberippen, verließ aber die Kaiserkapelle immer wieder, um an den Gebetszeiten und dem Mittagessen der Mönche teilzunehmen.

Michael schaffte es, bis zum Abendessen alle Gewölberippen der Kaiserkapelle zu grundieren. Hunger verspürte er zwischendurch nicht, denn er genoss Annas Nähe, und die nahm ihm anscheinend den Appetit auf Speisen und Getränke. Vielleicht waren es auch die Schmetterlinge in seinem Bauch, die ihn satt machten.

Im Schlafsaal, nachdem er sich in sein Bett gelegt hatte, wurde er immer wieder von den Fragen gequält, die ihn beschäftigten und auf die er keine Antworten fand. Warum war Anna als Novize Simon in das Kloster der Cölestiner eingetreten? Mit Sicherheit nicht, um Mönch zu werden. Aber welchen anderen Grund konnte sie gehabt haben?

War Andreas wirklich ihr Bruder? Oder hatte Anna gelogen?

Und wenn er ihr Bruder war, warum hatten sie sich hier im Kloster getroffen? War das Zufall? Bestimmt nicht! Er nahm sich vor, Andreas morgen zur Rede zu stellen.

Michael erinnerte sich, dass Andreas ja, auch wenn er sich ihnen nicht angeschlossen hätte, zum Cölestinerkloster geritten wäre, um als wandernder Steinmetz seine Arbeitskraft anzubieten. Vielleicht hatten die Geschwister ja lediglich Arbeit gesucht. Aber wäre es dann für Anna nicht sinnvoller gewesen, sich als Magd oder Köchin zu bewerben?

Die beiden waren aus einem ganz bestimmten Grund hier. Davon war Michael fest überzeugt. Vielleicht waren sie hier untergetaucht, weil sie vor wem auch immer fliehen mussten. Oder sie waren als waldensische Rächer hier.

Er fand keine überzeugenden Antworten auf seine Fragen, aber er wollte hinter dieses Geheimnis kommen.

Der Tod
des Totenwächters

Bruder Viktor hielt im Kapitelsaal Totenwache. Er saß auf einem Schemel und schaute immer mal wieder zum Leichnam seines Freundes hinüber. Er und Bruder Pirmin hatten Prior Petrus nach Angermünde begleitet, wo der als Richter ein Inquisitionsverfahren gegen die dort ansässigen Waldenser durchführen musste.

Bruder Viktor erinnerte sich: Bevor sie dort eingetroffen waren, hatten Mönche aus dem Angermünder Franziskaner-Kloster in der Stadt und in den umliegenden Dörfern gepredigt, vor der Ketzerei gewarnt, bevorstehende Untersuchungen angekündigt und denen, die ihrem Irrglauben nicht abschwören wollten, Strafen angedroht. Zeugen, die gegen Ketzer aussagen wollten, hatten sich im Kloster melden können.

Es waren zahlreiche Zeugen gekommen, die vor allem die in Angermünde lebenden Waldenser der Ketzerei bezichtigten. Inquisitor Petrus hatte sie alle befragt. Er und Bruder Pirmin waren bei diesen Vernehmungen als Beisitzer anwesend.

Ein Beamter aus Angermünde hatte die Namen der Zeugen und der von ihnen angeklagten Ketzer aufgeschrieben. Ein Notar, der auch anwesend war, musste die Aussagen beglaubigen.

Bruder Viktor erinnerte sich auch noch genau an die Verhöre der Angeklagten. Sie wurden gruppenweise vernommen.

Die meisten gestanden ihre Verfehlungen und schworen der Ketzerei ab. Einige nicht. Der Inquisitor Petrus verhörte sie einzeln.

Eine sechsköpfige Waldenser-Familie blieb standhaft. Daraufhin hatte er ihnen mit Zwangsmaßnahmen gedroht. Sie ließen sich auch von dieser Drohung nicht beeindrucken.

Das Familienoberhaupt erklärte ihnen, dass sie weiterhin das Evangelium als Laienprediger verkünden und in freiwilliger Armut leben wollten, dass sie den Papst in Rom und auch die Satzungen der katholischen Kirche niemals anerkennen würden.

Daraufhin hatte ihnen der Inquisitor Petrus gesagt, dass die angedrohten Zwangsmaßnahmen an ihnen vollstreckt würden. Auch damit könne er sie nicht zum Abschwören ihrer Überzeugungen bringen, hatte das Familienoberhaupt der Waldenser-Familie geantwortet.

Bruder Viktor schaute zu seinem verstorbenen Mitbruder Pirmin hinüber. Seine Aufgabe war, die jüngste Tochter der Familie mit der sogenannten Ketzergabel foltern zu lassen. Er musste nicht einmal selbst Hand anlegen. Dafür war ihm ein städtischer Folterknecht aus Angermünde zu Diensten gewesen.

Das Mädchen hatte schließlich, als sich die scharfen Spitzen des Folterwerkzeugs immer tiefer in das Fleisch unter ihrem Kinn und in ihr Brustbein bohrten, den Überzeugungen der Waldenser abgeschworen.

Bruder Viktor wusste, dass sein Freund Pirmin seitdem unter Albträumen gelitten hatte. Aber er konnte nicht verstehen, dass er sich deshalb das Leben nehmen musste. Ober war er gar nicht freiwillig in die Schlucht gesprungen? War er von jemandem in den Abgrund gestoßen worden? Vielleicht von dem, dessen Kette mit dem Kreuz neben Bruder Pirmins Leiche lag?

Bruder Viktor erinnerte sich, wie er in Angermünde die Mutter und die Großmutter des Mädchens auf eine schräg liegende Tischplatte hatte festbinden lassen und ihnen von einem Folterknecht mehr als acht Liter Wasser in den Mund schütten ließ.

Die jüngere Frau hatte versucht, ihre Lippen zusammenzupressen. Deshalb musste der Folterknecht ihren Mund immer wieder mit einer eisernen Zange aufreißen. Am Abend waren beide Frauen erstickt.

Bruder Viktor hatte kein Mitleid mit ihnen empfunden. Er litt aber darunter, dass er sie nicht zum Abschwören ihrer Ketzerei hatte zwingen können.

Aber auch bei den drei Männern der Waldenser-Familie war ihm das nicht gelungen. Er hatte dem Folterknecht befohlen, sie nacheinander mit Hilfe einer Seilwinde auf die Spitze einer hölzernen Pyramide zu setzen, sie schaukeln und immer wieder auf die Spitze fallen zu lassen.

Auch sie hatten diese Folter, die sogenannte Judaswiege, nicht überlebt und auch nicht ihrer Ketzerei abgeschworen.

Bruder Viktor betete jeden Tag, dass Gott ihm die Kraft geben möge, die er brauchte, um Ketzer auf den rechten Weg der Katholischen Kirche zurückzuführen. Auch auf seinem nächsten Feldzug gegen die waldensischen Ketzer wollte er Prior Petrus begleiten. Schade, dass Bruder Pirmin nicht dabei sein konnte.

Bruder Viktor überkam eine große Müdigkeit. Er hatte in dieser Nacht hier im Kapitelsaal seit dem Komplet, der Schlussandacht des Tages, Totenwache gehalten. Er beneidete die anderen Mönche, die sicher tief und fest schliefen. Auch er sehnte sich nach seinem Schlaf-Strohsack. Bruder Zacharias würde ihn hier ablösen, aber erst in etwa einer Stunde, um zwei Uhr, vor der Vigil, der ersten Gebetszeit des Tages.

Bruder Viktor betete leise für seinen verstorbenen Freund. Dann hörte er ein Geräusch. Es klang so, als ob jemand den Kapitelsaal betreten hätte. Er drehte seinen Kopf zur Eingangstür, konnte aber niemanden erkennen.

Das Licht der Kerzen, die den aufgebahrten Leichnam einrahmten, war nicht hell genug, um den ganzen Kapitelsaal zu erleuchten. Bruder Viktor schaute wieder auf den Toten und setzte sein Gebet fort.

Und wieder hörte er ein Geräusch. Schnelle Schritte! Dicht hinter ihm. Als er sich vom Schemel erhob, sich umdrehte, sah er im Halbdunkel eine Gestalt. Er konnte sie nur schemenhaft erkennen. Die Gestalt hielt ein Messer in der Hand. Sie kam näher und stieß mehrmals auf ihn ein.

Bruder Viktor spürte einen furchtbaren Schmerz im Bauch und in der Brust. Er versuchte die stark blutenden Wunden mit seinen Händen zu bedecken. Es gelang ihm nicht. Immer mehr Blut quoll aus den Wunden hervor. Bruder Viktor gab noch einen dumpfen Schrei von sich und starb.

ध

Zwei Tote
im Kapitelsaal

Michael wurde mitten in der Nacht wach, denn er hatte eine Stimme laut rufen hören. Dann klang es so, als ob die Mönche ihren Schlafsaal verlassen würden.

Jetzt schon? dachte er. Hat der Prior eine neue Gebetsstunde eingeführt? Oder war da was passiert?

Er sah, dass Thomas und Andreas noch fest schliefen, war aber neugierig geworden, warum die Mönche mitten in der Nacht ihren Schlafsaal verlassen mussten. Er zog seine Kleidung an und folgte ihnen.

Als Michael das Amtshaus verlassen hatte, sah er die Mönche in das Kaiserhaus gehen. Auch er schloss sich der Gruppe an, die der Prior in den Kapitelsaal führte.

Michael sah, wie die Mönche sich um einen mit einer Mönchskutte bekleideten Mann drängten, der regungslos und blutüberströmt auf dem Boden lag. Nicht weit von dem aufgebahrten Leichnam des Bruders Pirmin entfernt.

Der Prior ging auf Bruder Viktor zu, bückte sich und fühlte seinen Puls. Dann begutachtete er seine Wunden und kam zu dem Schluss: „Bruder Viktor ist tot. Bruder Zacharias hat ihn gefunden und mich und euch verständigt. Während er hier die Totenwache gehalten hat, ist er erstochen worden."

Ein Raunen ging durch die Gruppe der Mönche. Sie mussten sich beherrschen, ihr Schweigegelübde einzuhalten.

Michael sah, dass an der Wand, vor der der Leichnam des Mönches Pirmin aufgebahrt war, ein an einer Schnur befestigtes angesengtes, krummes Stück Holz und ein blutbeschmiertes Messer hingen. Das Messer hatte einen gedrehten Metallgriff und zwei Haken am Griffende. Es sah genauso aus, wie das Messer, das am Reisewagen des Priors hing.

Auch Petrus Zwicker hatte die Sachen entdeckt. Er nahm sie von der Wand und hielt sie so, dass alle sie sehen konnten.

„Wisst ihr, was das bedeutet?", rief er mit hasserfüllter Stimme. „Zum zweiten Mal tauchen diese Droh- und Rachesymbole der Waldenser in unserem Kloster auf. Der verfluchte Ketzer hat wieder zugeschlagen. Alles deutet darauf hin, dass Bruder Viktor und Bruder Pirmin von einem Waldenser getötet wurden."

Prior Petrus kniete vor Bruder Viktor nieder und betete. Dann segnete er ihn und drückte ihm die Augen zu. Und zum Cellerar gewandt sagte er: „Lasst Bruder Viktor neben Bruder Pirmin aufbahren. Zwei Tage lang wollen wir ihm diese letzte Ehre erweisen. Danach soll er gemeinsam mit Bruder Pirmin auf unserem Friedhof beigesetzt werden. Der Herr sei seiner Seele gnädig."

„Ich werde alles regeln, ehrwürdiger Vater", sagte der Cellerar, faltete seine Hände und verbeugte sich unterwürfig.

Prior Petrus und Cellerar Anselm führten die Mönche aus dem Kapitelsaal.

Michael reihte sich in die Gruppe ein. Es ergab sich, dass er hinter den beiden wichtigsten Männern des Klosters den Saal und das Kaiserhaus verließ. So konnte er einige Wortfetzen des Gesprächs mithören, das sie führten.

„Ehrwürdiger Vater", sagte der Cellerar. „Ich kann mir

nicht vorstellen, dass einer unserer Gäste Bruder Pirmin in die Schlucht gestürzt und auch Bruder Viktor ermordet hat."

„Ich gebe Euch recht", erwiderte der Prior. „Das angesengte Stück Holz und das blutbeschmierte Messer sind Rachesymbole der Waldenser. Die Parler-Familie hat meines Wissens nichts mit Waldensern zu tun."

„Als ich unsere Gäste zu Euch führte, entdeckte ich an Eurem Reisewagen das angesengte Holz und das blutbeschmierte Messer. Ich habe es Euch ausgehändigt. Es muss einer dort aufgehängt haben, bevor die Parler-Brüder und ihr Mitarbeiter in Oybin eintrafen."

„Ihr habt recht. Der Steinmetz Andreas kann es nicht gewesen sein. Aber wer?"

„Sicher ein Waldenser aus Angermünde."

„Ich habe anscheinend gegen die verfluchten Ketzer dort nicht hart genug durchgegriffen. Einer von Ihnen hat die Brüder getötet, die mir in Angermünde zur Seite gestanden haben."

„Und nun wird er versuchen, Euch zu töten."

„Das soll ihm nicht gelingen. Ich werde ihn finden."

„Habt Ihr einen in Verdacht?"

„Ja! Überlegt mal? Vor wenigen Tagen kam einer zu uns, der in unsere Klostergemeinschaft eintreten wollte. Wir haben ihn als Novizen aufgenommen, wissen aber nichts über ihn."

„Ihr glaubt, Novize Simon ist Euch, Viktor und Pirmin von Angermünde aus gefolgt und hat sich hier als Rächer eingeschlichen?"

„Ich werde es herausfinden."

Ч

Wo ist Anna?

Michael, Thomas und Andreas gingen am nächsten Morgen kurz vor sieben zur Bauhütte, um zu frühstücken und um danach ihre Arbeiten fortzusetzen.

Auf Rupert war Verlass. Er hatte auch heute Morgen für alle Brot, Käse, Honig, Milch und Wasser aus der Meierei geholt. Sie setzten sich an den Esstisch und aßen und tranken mit großem Appetit.

Michael nutzte die Gelegenheit, um Thomas, Andreas und Rupert über das zu informieren, was in der Nacht im Kapitelsaal passiert ist.

„Bevor wir heute Morgen mit unserer Arbeit beginnen", sagte Michael, „muss ich euch einige Neuigkeiten mitteilen. Heute Nacht wurde im Kapitelsaal ein Mönch ermordet."

„Ermordet?", fragte Thomas provozierend. „Treibst du dich nachts im Kloster herum? Oder woher weißt du das?"

„Heute Nacht wurde ich von Geräuschen geweckt", fuhr Michael fort und ignorierte die Bemerkung seines Bruders. „Ich zog meine Kleidung an und verließ unseren Schlafsaal. Auch die Mönche hatten ihren Schlafsaal verlassen. Ich folgte ihnen. Sie gingen in das Kaiserhaus zum Kapitelsaal. Dort lag Bruder Viktor, der vor dem aufgebahrten Leichnam des Bruders Pirmin Totenwache gehalten hatte. Er ist mit einem Messer getötet worden. Wahrscheinlich mit dem blutigen Messer, das neben einem angesengten Stück Holz an einer Schnur an der Wand des Kapitelsaals hing. Das ist ein Droh- und Rachesymbol der Waldenser. Die Sachen hingen ja auch am Reisewagen des Priors."

„Warum sollte ein Waldenser in dieses Kloster eindringen, dieses Symbol an die Wand hängen und Morde begehen?", fragte Andreas.

„Ich weiß es nicht", erwiderte Michael. „Vielleicht um Waldenser zu rächen, die in Angermünde zu Tode gekommen sind. Ihr habt doch gehört, dass Prior Petrus vor einigen Wochen dort als Inquisitor tätig war."

„Und sicher hat er Waldenser foltern lassen, wenn sie von ihrem Irrglauben nicht abgeschworen haben", ergänzte Thomas. „Das könnte doch ein Motiv für einen Racheakt sein. Diese Foltermethoden der Inquisitoren haben ja zahlreiche Waldenser, wie ich gehört habe, nicht überlebt. Und wenn, dann sind sie manchmal später auf dem Scheiterhaufen verbrannt worden. Ob das in Angermünde auch so war, weiß ich nicht."

Michael schnitt sich von dem großen Laib noch ein Stück Brot ab und sagte: „Prior Petrus sagte, dass ihn Bruder Viktor in Angermünde bei den Verhören unterstützt hat. Auch Pirmin, der Mönch, der in die Schlucht gestürzt ist. Also ist es denkbar, dass beide Mönche dort an der Folterung von Waldensern beteiligt waren. Vielleicht ist ein Folteropfer aus Angermünde in dieses Kloster eingedrungen und hat sich an seinen Peinigern gerächt."

„Hast du einen Verdacht?", fragte Andreas und trank aus seinem Milchkrug.

Michael schüttelte den Kopf und schnitt sich eine Scheibe von dem großen Käsestück ab.

„Ich habe keinen Verdacht", sagte er. „Aber der Prior wird, wie er sagte, den Novizen Simon als Verdächtigen verhören."

„Simon soll einen Mord begangen haben?", schaltete sich nun Rupert in das Gespräch ein. „Niemals! Für ihn würde ich meine Hand ins Feuer legen."

„Die hat sich dabei schon so mancher verbrannt", bemerkte Thomas.

„Ich kann mir auch nicht vorstellen, dass sich ein Mönch nachts aus dem Schlafsaal unbemerkt entfernen und einen Mord begehen kann", sagte Michael und legte sich die Käsescheibe auf sein Brot. „Das hätte doch einer der anderen Mönche bestimmt bemerkt. Der Mord kann nur zwischen 22 Uhr und zwei Uhr nachts begangen worden sein – als die Mönche schliefen. Während der Zeit muss Bruder Viktor im Kapitelsaal Totenwache gehalten haben."

„Weißt du, wer ihn gefunden hat?", fragte Andreas.

„Ja", antwortete Michael. „Ich habe gehört, dass es der Mönch war, der ihn von der Totenwache ablösen wollte – Bruder Zacharias. Das muss so gegen zwei Uhr gewesen sein."

Thomas füllte seinen Krug schon zum dritten Mal mit Milch.

„Ich hatte mir das Leben in einem Kloster ruhiger vorgestellt", konnte er sich eine Zwischenbemerkung nicht verkneifen.

„Ich auch", sagte Michael. „Mit der Ruhe scheint es hier wohl endgültig vorbei zu sein, denn der Prior will durch Befragungen von Zeugen und Verhören von Verdächtigen herausfinden, wer die beiden Mönche ermordet hat."

Sie beendeten ihr Frühstück. Thomas und Andreas gingen in das Nebengebäude, um am Tympanon weiterzuarbeiten.

Michael prüfte, wie viel Blattgold er und Rupert schon gefertigt hatten. Es war noch nicht genug, um damit alle Gewölberippen zu belegen. Also gingen Michael und Rupert wieder an die Arbeit und schwangen ihre Hämmer.

Michael dachte wieder an seinen Vorsatz, Andreas zur Rede zu stellen. Heute würde sich bestimmt mal eine Gelegenheit ergeben …

Michael machte sich vor allem um Anna Sorgen. Warum war sie noch nicht da? Die Gebetsstunde Prim muss längst beendet sein. Ob der Prior sie schon zum Verhör zitiert hatte?

Das Verhör

Michaels Vermutung war richtig: Petrus Zwicker hatte Anna, die er immer noch für Simon hielt, zum Verhör in seine Amtsstube zitiert. Er verdächtigte den Novizen, ein Waldenser zu sein, der sich in das Kloster eingeschlichen hatte, um die Brüder Viktor und Pirmin zu ermorden. Warum? Das wollte er herausbekommen, und er war sicher, dass ihm das auch gelingen würde.

Im Versammlungsraum saßen sich Petrus Zwicker, Cellerar Anselm und Bruder Irineus auf der einen und der Novize auf der anderen Seite gegenüber.

Der Prior führte dieses Verhör als Inquisitor. Deshalb waren auch sein Cellerar als Notar und Bruder Irineus als Schriftführer anwesend.

„Weißt du, warum ich dich vernehme?", begann der Inquisitor sein Verhör.

„Gern würde ich von Euch den Grund erfahren, ehrwürdiger Vater", antwortete Anna.

„Ich versuche aufzuklären, wer für den Tod zweier unserer Brüder verantwortlich ist. Bruder Pirmin ist nicht freiwillig in die Schlucht gesprungen und Bruder Viktor ist erstochen worden. Und weil an meinem Reisewagen und im Kapitelsaal ein angesengtes Stück Holz und ein blutbeschmiertes Messer hingen – die Droh- und Rachesymbole der ketzerischen Waldenser – kann der Täter nur einer dieser Sekte sein."

„Und Ihr glaubt, dass ich die beiden Brüder ermordet und die Symbole der Waldenser in den Kapitelsaal gehängt habe? Ehrwürdiger Vater, warum sollte ich so etwas tun?"

„Das versuche ich eben herauszufinden. Weißt du, wer ‚die Armen von Lyon' sind?"

„Ich habe gehört, dass man so die Glaubensgemeinschaft der Waldenser bezeichnet."

„Sie selber nennen sich ‚Brüder' oder ‚die Armen Christi'. Du hast eben von der Glaubensgemeinschaft der Waldenser gesprochen. Du bist Novize, willst in die Gemeinschaft der Cölestin-Mönche aufgenommen werden. Aber wie gefestigt ist dein Glaube?"

„Ich bin ein guter Christ und glaube alles, was ein guter Christ glauben sollte."

„Wen würdest du denn als guten Christen bezeichnen?"

„Einen, der so lebt, wie die heilige Kirche es lehrt: fest zu glauben."

„Die heilige Kirche? Welche Kirche ist denn für dich die heilige Kirche?"

„Die ihr so nennt, ehrwürdiger Vater, und von der ihr glaubt, dass sie die heilige Kirche ist."

„Ich glaube, dass die heilige Kirche die römische Kirche ist, an deren Spitze der Papst und unter ihm die anderen kirchlichen Würdenträger stehen."

„Auch ich glaube es."

Petrus Zwicker machte eine kurze Pause. Wie oft hatte er Waldenser verhört und immer wieder diese ausweichenden Antworten bekommen. Er kannte ihre Täuschungsversuche, denn sie versuchten, nicht zu lügen. Um nicht als „Arme von Lyon" überführt zu werden, antworteten sie in Verhören mit irreführenden und zweideutigen Formulierungen.

Petrus Zwicker hatte auch beim Verhör des Novizen das Gefühl, einen jungen Waldenser vor sich zu haben.

„Glaubst du an die Fleischwerdung unseres Herrn Jesus Christus, an seine Auferstehung und an seine Himmelfahrt?", fragte er weiter.

„Ich glaube daran."

„Glaubst du auch, dass der Priester während der Messe, mit seinen Worten und göttlicher Kraft, Brot und Wein in den Leib und das Blut Christi verwandelt?"

„Sollte ich dies nicht glauben?"

Er weicht wieder aus, dachte Petrus Zwicker. Dieser Novize windet sich wie ein Aal. Deshalb verschärfte er seinen Tonfall.

„Ich frage nicht, was du glauben sollst, sondern ob du das glaubst, was ich dich eben gefragt habe."

„Ich glaube alles, was Ihr und alle anderen guten Lehrer mir zu glauben befehlen", bekam er als Antwort.

Die Laune des Priors verschlechterte sich zusehends.

„Die guten Lehrer, die du eben erwähnt hast", sagte er, „sind die Lehrer deiner Sekte. Ihnen willst du glauben. Wenn ich so denke wie sie, glaubst du mir und ihnen."

„Auch Euch glaube ich gern, wenn Ihr mich etwas lehrt, was für mich gut ist."

„Habe ich das richtig verstanden? Gut ist für dich, wenn ich dich das lehre, was auch deine anderen Lehrer lehren? Aber nun antworte mir, ob du glaubst, dass auf dem Altar der Leib des Herrn Jesus Christus ist."

„Das glaube ich."

„Glaubst du, dass dort der Leib unseres Herrn ist, der von der Jungfrau geboren wurde, am Kreuz hing, auferstanden und in den Himmel aufgefahren ist?"

„Und Ihr, ehrwürdiger Vater, glaubt Ihr das?"

Auf diese Gegenfrage hatte Petrus Zwicker gewartet. Er sagte: „Ich glaube es."

„Ich glaube es auch."

Er meint damit, dass er glaubt, dass ich das glaube, was ich eben gesagt habe.

Petrus Zwicker hatte keine Lust mehr, diesen zweideutigen Antworten des Novizen länger zuzuhören. Er war fest davon überzeugt, dass er ein Waldenser ist – ein Ketzer, der alle Täuschungsmanöver beherrscht, um sich beim Verhör zu schützen. Er glaubte auch, dass er Bruder Pirmin und Bruder Viktor ermordet hatte.

Du sollst nun schwören, dachte er, auch wenn dir das deine ketzerische Sekte verbietet. Ich bin gespannt, wie du dich da herauswinden wirst.

Petrus Zwicker fragte: „Willst du also schwören, dass du niemals etwas gelernt hast, was gegen den Glauben gerichtet ist, von dem wir glauben und sagen, dass er der wahre ist?"

„Wenn ich schwören muss, werde ich gerne schwören."

„Willst du schwören?"

„Wenn Ihr mir befehlt zu schwören, werde ich schwören."

„Ich zwinge dich nicht zu schwören. Wenn du aber schwörst, werde ich zuhören."

„Warum soll ich etwas schwören, wenn Ihr es nicht befehlt?"

„Damit du den Verdacht beseitigst, der gegen dich vorliegt. Du stehst unter Verdacht, ein ketzerischer Waldenser zu sein, der sich als Novize in unser Kloster eingeschlichen hat, Bruder Pirmin und Bruder Viktor getötet und die Rachesymbole der ‚Armen von Lyon‘ im Kapitelsaal und an meinem Reisewagen aufgehängt hat. Du weißt, dass für einen Waldenser jeder Schwur unerlaubt und eine Todsünde ist.“

„Ich will diesen Verdacht, der gegen mich vorliegt, beseitigen. Wie muss ich also sprechen, wenn ich schwöre?“

„Schwöre, wie du es weißt! Oder weißt du nicht, wie man schwört?“

„Ehrwürdiger Vater, ich weiß es nicht, außer Ihr bringt es mir bei.“

Ich habe es geahnt, dachte Petrus Zwicker, der Novize versucht sich mit allen möglichen Tricks vor dem Schwur zu drücken. Ich bin gespannt, wie er den Text nachspricht, den ich ihm nun vorspreche: „Wenn ich schwören müsste, dann würde ich die Hand erheben und die hochheiligen Evangelien Gottes berühren und sagen: ‚Ich schwöre bei diesen heiligen Evangelien Gottes, dass ich niemals etwas gelernt oder geglaubt habe, was gegen den wahren Glauben verstößt, an dem die heilige römische Kirche gläubig festhält. Ich habe auch keine Rachesymbole der Ketzer im Oybiner Kloster aufgehängt und weder Bruder Viktor noch Bruder Pirmin ermordet.‘“

Novize Simon sagte: „So wahr mir Gott helfe und diese heiligen Evangelien: Ich habe niemals etwas gelernt oder geglaubt, was gegen den wahren Glauben verstößt, habe keine Rachesymbole der Ketzer im Oybiner Kloster aufgehängt und weder Bruder Viktor noch Bruder Pirmin ermordet.“

Der ist ja mit allen Wassern gewaschen, dachte Petrus Zwicker. Er hat die Schwurformel in die Form eines Gebets gebracht. Eine ernsthafte Absicht zu schwören, konnte er nicht erkennen.

„War das dein Schwur?", fragte er mit ironischem Unterton in der Stimme.

„Habt Ihr nicht gehört, dass ich geschworen habe, ehrwürdiger Vater?"

„Ich kann deinen Schwur nicht akzeptieren", erwiderte der Prior und an den Schriftführer Bruder Irineus gewandt, sagte er: „Bruder Irineus, füge das, was ich eben gesagt habe, deinem Protokoll hinzu. Außerdem: Im Jahre 1395 kam am 20.6. der Novize Simon in die Amtsstube des Priors des Klosters Oybin, weil er vorgeladen war.

Er stand vor Gericht in Anwesenheit des frommen Mannes Petrus Zwicker, Prior des Klosters Oybin, der durch den Apostolischen Stuhl zum Inquisitor, also zur Untersuchung schlimmer Ketzerei bestimmt wurde. Der Novize sollte bei den Heiligen Evangelien Gottes schwören, die volle und reine Wahrheit gesagt zu haben. Der Inquisitor hatte den Eindruck, dass er den von ihm vorgegebenen Text des Schwurs als Gebet vorgetragen hat und nicht als Schwur.

Der Novize konnte den Verdacht nicht ausräumen, ein Waldenser zu sein und die Brüder Pirmin und Viktor getötet zu haben.

Um die Hintergründe dieser Morde aufzuklären werde ich, Petrus Zwicker, den Novizen Simon morgen früh weiter verhören. Er ist mit sofortiger Wirkung aus der Gemeinschaft der Cölestin-Mönche ausgeschlossen.

Bis zum endgültigen Urteilsspruch des Inquisitionsgerichts unter Vorsitz des Priors Petrus Zwicker, wird er im Verlies des Wehrgeschosses im Amtshaus untergebracht."

Annas Gesicht war kreidebleich geworden.

„Ich rate dir ein volles Geständnis abzulegen", sagte Petrus Zwicker mit scharfem Ton. „Welche Ketzer haben dich in unser Kloster geschickt? Warum hast du unsere Brüder ermordet? Gestehst du nicht, werde ich es herausfinden und wenn ich dich noch Tage lang verhören muss. Hast du noch etwas zu sagen?"

Anna schüttelte ihren Kopf und schwieg.

„Das Verhör ist damit beendet", sagte Petrus Zwicker.

Der Cellerar und Bruder Irineus führten Anna aus der Amtsstube des Priors zum Wehrgeschoss des Kaiserhauses. Sie sperrten sie dort in ein Verlies, wie Petrus Zwicker es befohlen hatte.

Wasser und Brot

Die Mönche hatten sich zum Mittagessen im Speisesaal versammelt. Auch Michael war anwesend. Er wollte hier nicht nur essen und trinken, sondern erwartete vom Prior oder vom Cellerar eine Erklärung, warum Novize Simon alias Anna heute Morgen nicht zur Bauhütte gekommen war. Thomas und Andreas hatten es vorgezogen, ihr Mittagessen gemeinsam mit Rupert in der Bauhütte einzunehmen. Vor allem der Schinken aus der Meierei war für sie ein Grund, an ihrem Arbeitsplatz zu bleiben.

Michael schaute sich im Speisesaal um. Alle Mönche waren da, aber Anna fehlte. Michael machte sich Sorgen um sie.

Bruder Johannes sprach heute Mittag wieder das Tischgebet. Diese Gebetszeremonie war an allen Tagen gleich. Die Mönche und die Gäste bekreuzigten sich, setzten sich auf ihre Stühle und aßen und tranken. Währenddessen las Bruder Johannes einen Bibeltext aus dem Alten Testament.

Zum Abschluss des Mittagessens rief der Prior mit seiner kleinen Glocke die Anwesenden zur Aufmerksamkeit. Alle erhoben sich und sprachen, wie an allen Tagen, ein Dankgebet:

„Wir danken dir, Christus, unser Gott,
dass du uns mit deinen irdischen Gaben gesegnet hast;
lass uns auch deines himmlischen Reiches nicht verlustig gehen,

sondern wie du mitten unter deine Jünger gekommen bist,
Erlöser, und ihnen den Frieden geschenkt hast,
komme auch zu uns und rette uns. Amen."

Der Prior verschaffte sich mit seiner Klingel noch einmal Gehör.
„Meine Brüder", sagte er, „setzt euch wieder auf eure Plätze.
Ich habe euch noch etwas Wichtiges mitzuteilen."

Er machte eine kurze Pause. Als er sah, dass alle wieder saßen, sprach er weiter: „Wenn einer neu zu uns kommt und das klösterliche Leben beginnen will, so dürfen wir ihm den Eintritt in unsere Gemeinschaft nicht leicht machen. Es steht in der Bibel geschrieben: ‚Prüft die Geister, ob sie aus Gott sind.'

Als Simon zu uns kam, hatte ich nach einigen Tagen den Eindruck, dass er die ihm zugefügte harte Behandlung geduldig erträgt. Als er dann Novize war, mussten wir prüfen, ob er wirklich Gott sucht, ob er Eifer hat für den Gottesdienst, ob er bereit ist zu gehorchen und ob er fähig ist, Widerwärtiges zu ertragen.

Simon erfüllte diese Erwartungen, die wir an ihn gestellt haben, aber nur zum Schein. Er hat mich und unsere Gemeinschaft getäuscht. Nach den Morden an unseren Brüdern Viktor und Pirmin, musste ich Zeugen befragen und ein Verhör führen, um den Täter zu überführen.

Diese Zeugen sagten aus, dass Simon den Schlafsaal der Mönche in zwei Nächten verlassen hat. In den Nächten, als unsere Brüder zu Tode kamen.

Ich habe Simon heute Morgen verhört, weil ich ihn verdächtige, Bruder Pirmin in die Schlucht gestoßen und Bruder Viktor erstochen zu haben. Simon, der kein Novize mehr ist, hat die Morde an unseren Brüdern noch nicht gestanden. Ich habe ihm bis morgen Früh Zeit gegeben, ein Geständnis abzulegen. Zeit zum Nachdenken hat er in einem Raum im Wehrgeschoss unseres Kaiserhauses. Morgen werde ich ihn wieder verhören. Damit er bei Kräften bleibt, soll er essen und trinken. Bruder Zacharias, lasst Euch von Bruder Anselm den Schlüssel zur Tür des Kellerverlieses im Wehrgeschoss geben. Holt aus dem Backhaus Brot, füllt einen Krug mit Wasser aus dem Brunnen und bringt es Simon. Das war es, was ich euch mitteilen wollte. Gott segne euch, meine Brüder!"

Das, was Michael eben vom Prior erfahren hatte, traf ihn wie ein Keulenschlag. Er schaute in die Gesichter der Mönche und sah, dass sie genauso betroffen waren, wie er.

Michael konnte sich nicht vorstellen, dass Anna eine Mörderin ist. Petrus Zwicker hatte sie verhört und wird sie weiter verhören. Er ist dafür bekannt, dass er bei seinen Vernehmungen nicht zimperlich vorgeht und auch häufig mit Foltermethoden Geständnisse oder das Abschwören vom angeblichen Irrglauben erpresst hat. Michael fasste den Entschluss, Anna aus ihrem Kellerloch zu befreien. Aber wie?

Und dann erinnerte er sich, dass der Prior den Mönch Zacharias beauftragt hatte, Anna Wasser und Brot zu bringen. Der sollte sich den Schlüssel des Kellerverlieses vom Cellerar geben lassen. Damit würde er die Tür des Kellerverlieses aufschließen, und dann …

Michael sah, dass Bruder Zacharias das Kaiserhaus in Richtung Brunnenhaus verließ. Er wollte auf ihn warten. Der Mönch sollte ihn nicht erkennen. Deshalb verließ Michael den Eingangsbereich des Kaiserhauses und versteckte sich im vierten Torturm. Von dort aus hatte er den Weg im Blickfeld, den

Bruder Zacharias vom Brunnenhaus zum Backhaus zurücklegen würde.

Und dann kam er! Er trug einen Krug und ging ins Backhaus. Nach kurzer Zeit verließ er das Backhaus und trug nicht nur den Wasserkrug, sondern auch einen Leinenbeutel. Michael vermutete darin das Brot – Annas karges Mittagsmahl.

Der Mönch ging ins Kaiserhaus hinein und dann ins Wehrgeschoss hinunter. Das ist die Gelegenheit, dachte Michael, verließ den vierten Torturm und folgte ihm.

ध

Die Befreiung

Michael sah, wie Mönch Zacharias mit einem Schlüssel die Tür eines Kellerraums öffnete.

„Simon", sagte er, obwohl das Schweigegelübde ihm dies verbot, „ich bringe dir etwas zu essen und zu trinken."

Hastig stellte er den Krug und den Leinenbeutel auf den Boden des Raums und wollte die Tür wieder verschließen. In diesem Moment schlug ihm Michael mit der Kante seiner rechten Hand gegen die Halsschlagader. Bruder Zacharias taumelte und stürzte zu Boden. Er versuchte sich nach dem Handkantenschlag wieder aufzurappeln. Das gelang ihm aber nicht. Er verlor die Besinnung.

Anna verließ ihr Kellerverlies und umarmte Michael.

„Ich bin so froh, dass du mich hier rausgeholt hast", sagte sie.

„Wie hast du denn erfahren, dass der Prior mich hier unten hat einsperren lassen?"

„Er hat nach dem Mittagessen alle, die im Speisesaal anwesend waren, über den Grund informiert."

„Sicher hat er behauptet, ich wäre ein Waldenser und hätte die beiden Mönche ermordet."

„Und? Bist du eine Waldenserin?"

„Ja, aber ich habe die beiden Mönche nicht getötet. Das musst du mir glauben!"

„Hat Andreas sie getötet?"

„Nein, auch er hat mit den Morden nichts zu tun. Wir wollten die beiden Mönche töten, aber ein anderer muss uns zuvor gekommen sein."

„Kannst du dir vorstellen, wer das war?"

„Ich weiß es nicht. Wahrscheinlich der, der das angesengte Stück Holz und das blutbeschmierte Messer in den Kapitelsaal gehängt hat."

Michael sah, dass sich Bruder Zacharias regte.

„Er wird gleich wach", sagte er. „Hilf mir, ihn in das Kellerverlies zu tragen!"

Michael hob den Oberkörper des Bruders Zacharias hoch, Anna seine Beine. So trugen sie den immer noch bewusstlosen Mönch in das Kellerverlies. Michael schloss die Tür von außen ab und steckte den Schlüssel ein.

Die beiden lauschten. Michael hatte Geräusche aus dem verschlossenen Raum gehört.

„Ich glaube, gleich ist er wach", sagte er leise.

Und dann hörten sie, wie Bruder Zacharias stöhnte und einige unverständliche Sätze sprach.

Michael gab Anna ein Zeichen, dass sie ihm folgen sollte. Die beiden entfernten sich von der Tür des Kellerverlieses. Michael wollte vermeiden, dass Bruder Zacharias hören konnte, was er mit Anna besprechen wollte. Der Mönch rief um Hilfe. Aber es war unwahrscheinlich, dass einer seiner Brüder die Rufe hören konnte.

Als Michael sicher war, dass Bruder Zacharias sein Gespräch mit Anna nicht mehr mithören konnte, blieb er stehen und fragte: „Warum wolltet ihr denn die beiden Mönche töten?"

„Aus Rache!", antwortete Anna. „Nicht nur die beiden Mönche wollten wir töten, auch den Prior. Deshalb habe ich das angesengte Stück Holz und das blutbeschmierte Messer an den Reisewagen des Priors gehängt. Das ist ein Droh- und Rachesymbol unserer Glaubensgemeinschaft."

„Hast du es auch in den Kapitelsaal gehängt, bevor Mönch Viktor getötet wurde?"

„Nein, ich war nicht im Kapitelsaal?"

„Andreas?"

„Nein! Er war auch nicht dort!"

„Dann frage ich mich, ob sich außer euch noch ein anderer Waldenser hier im Kloster aufhält."

„Das kann ich mir nicht vorstellen. Aber vielleicht hat einer das Rachesymbol der Waldenser in den Kapitelsaal gehängt, der den Verdacht auf mich lenken wollte."

Michael schaute Anna nachdenklich an und sagte: „Kann sein! Ich habe gehört, dass Petrus Zwicker in Angermünde Waldenser verfolgt hat und foltern ließ. Wolltet ihr hier die Opfer des Inquisitors Petrus Zwicker rächen?"

Anna nickte.

„Ja, er hat unsere Familienangehörigen foltern lassen."

Michael nahm sie in die Arme und sagte.

„Ich glaube dir, Anna!", sagte er. „Ich hätte an eurer Stelle genauso gehandelt. Aber ihr müsst aus dem Kloster verschwinden! Thomas und ich können dich und Andreas vor dem Prior und seinen Mönchen nicht beschützen."

„Andreas wird so lange hierbleiben wollen, bis er Petrus Zwicker getötet hat", gab Anna zu bedenken.

„Ich werde ihm das ausreden", sagte Michael. „Noch verdächtigt Zwicker ihn nicht, ein Waldenser zu sein und mit dem Tod der beiden Mönche etwas zu tun zu haben. Aber das kann sich schnell ändern, und dann … Wir werden ihm den Lohn für seine Arbeit zahlen. Dann kann er das Kloster auf normalem Weg mit Pferd und Gepäck verlassen. Aber du musst so schnell wie möglich verschwinden. Ich habe gehört, es gibt hier einen Geheimgang, durch den man den Oybin verlassen kann. Stimmt das?"

„Ja", antwortete Anna, „das Gebäude zwischen Kaiserhaus und Bahrhaus hat ein unteres Geschoss. Dort gibt es zwei Räume mit Gewölben. Unter einem dieser Gewölbe ist ein Gang, der auf eine Felskluft zuführt. Durch ihn kann ich den Oybin verlassen und ins Tal klettern."

„Dann müssen wir nur noch überlegen, wohin du fliehen kannst."

„Auf meiner Reise zum Kloster Oybin habe ich zwei Tage bei der Familie des Sattlers Kronach in einem nahe gelegenen kleinen Ort mit Namen Bertsdorf gewohnt. Sie werden mich wieder aufnehmen."

„Dein Vorschlag ist gut! Aber sei vorsichtig!"

„Zwicker wird mit einem Suchtrupp die Umgebung nach mir durchkämmen, aber in Bertsdorf wird er mich nicht finden."

„Du musst los! Ehe hier einer auftaucht, um nachzusehen, wo Mönch Zacharias abgeblieben ist."

Michael und Anna verließen das Wehrgeschoss des Kaiserhauses. Michael betrat als erster den Burghof. Niemand war zu sehen. Er gab Anna ein Zeichen. Sie folgte ihm.

Michael und Anna gingen auf das Gebäude zu, das zwischen dem Kaiserhaus und dem Bahrhaus stand. Die Eingangstür war nicht verschlossen. Die beiden gingen unbemerkt in das Haus hinein.

„Ich kenne den Weg in das untere Geschoss dieses Gebäudes", sagte Anna, „und ich weiß auch, unter welchem Gewölbe sich der Gang befindet. Aber du hast mir noch nicht gesagt, wann du nach Bertsdorf kommst."

„Wenn ich meine Arbeit erledigt habe", erwiderte Michael. „Ich schätze, in ein bis zwei Tagen."

„Frage in Bertsdorf nach dem Sattler Peter Kronach", sagte Anna, umarmte Michael und küsste ihn zärtlich auf den Mund. „Und versprich mir, dass du Andreas einen Hinweis gibst, dass ich in Bertsdorf bei der Familie Kronach bin und dort nicht nur auf dich, sondern auch auf ihn warte. Sag ihm, er soll seine Rache aufgeben und so schnell wie möglich den Oybin verlassen."

„Ich werde dich nicht vergessen", erwiderte Michael, „und ich verspreche dir, dass ich Andreas sagen werde, wo du dich in Bertsdorf aufhältst. Ob ich ihn überreden kann, seine Rache aufzugeben, kann ich dir nicht versprechen."

„Versuche es bitte", sagte Anna und lächelte.

Sie ging die Treppe hinunter, die zu einem weiteren Kellergeschoss führte. Michael folgte ihr und sah, wo sich das Gewölbe befand, unter dem der Eingang zum Geheimgang war.

Anna ging zielstrebig darauf zu.

„Vergiss mich nicht!", sagte sie.

„Pass gut auf dich auf!", erwiderte Michael und sah, wie sie im Geheimgang verschwand.

Michael hätte Anna gern begleitet und beschützt, aber er glaubte, dass es besser ist, wenn sie das Kloster allein verlässt. Er wollte sie aber so schnell wie möglich wiedersehen.

Andreas erzählt

Als Michael die Bauhütte betrat, arbeitete Thomas mit Meißel und Klöpfel die Feinheiten des böhmischen Löwen aus dem Stein. Andreas war damit beschäftigt, die groben Umrisse einer Ritterfigur aus dem Stein zu meißeln.

„Das sieht gut aus", sagte Michael anerkennend.

Thomas und Andreas schauten ihn erwartungsvoll an.

„Gibt es Neuigkeiten?", fragte Andreas. „Hast du herausfinden können, warum Simon heute Morgen nicht in der Bauhütte erschienen ist?"

„Das habe ich", antwortete Michael.

Ihm schien der Moment gekommen, wo er Andreas zur Rede stellen wollte. Er hatte viele Fragen, auf die er Antworten erwartete.

„Erzähle!", drängte Andreas.

Michael nickte.

„Der Prior informierte nach dem Mittagessen alle Anwesenden, dass er den Novizen Simon heute Morgen verhört hat, weil er ihn verdächtigt, ein Waldenser und der Mörder der Mönche Pirmin und Viktor zu sein."

„Das ist doch absurd!", unterbrach ihn Andreas.

Michael bemerkte, dass Andreas sehr erregt war und erzählte weiter: „Das habe ich mir auch gedacht und bin dem Mönch Zacharias, der Simon Wasser und Brot in sein Kellerverlies bringen sollte, gefolgt. Als er die Tür aufgeschlossen hatte, habe ich ihn niedergeschlagen und Simon befreit. Nun sitzt Bruder Zacharias im Kellerverlies, das ich von außen gut verschlossen habe. Den Schlüssel habe ich als kleines Andenken mitgenommen. Hier ist er!"

Michael nahm ihn aus der rechten Tasche seiner Tunika und zeigte ihn Thomas und Andreas. Thomas schüttelte den Kopf.

„Warum mischst du dich in klosterinterne Angelegenheiten ein?", fragte er ärgerlich. „Wir sind hier, um unseren Auftrag zu erfüllen. Wenn der Prior seinen Novizen für einen mordenden Waldenser hält, haben wir kein Recht uns einzumischen."

„Wo ist Anna jetzt?", fragte Andreas, der unter Hochspannung stand.

Michael musste grinsen.

„Anna?", fragte er.

„Simon natürlich!", antwortete Andreas. „Ich habe mich versprochen."

„Ja du hast dich versprochen", bestätigte Michael. „Du hast versehentlich Simons richtigen Namen genannt: Anna!"

„Du weißt …", sagte Andreas resignierend.

Michael nickte.

„Ich weiß nicht nur, dass der Novize Simon ein Mädchen ist, das Anna heißt, ich weiß auch, dass sie deine Schwester ist."

„Ja, du hast recht. Anna ist meine Schwester. Sag mir, wo sie jetzt ist! Ich mache mir Sorgen um sie."

„Sie ist durch einen Geheimgang ins Tal geflohen."

„Durch einen Geheimgang geflohen?"

„Ja, der Eingang ist unter einem Kellergewölbe in dem Gebäude neben dem Kaiserhaus. Durch diesen Gang konnte Anna den Oybin verlassen und ins Tal klettern. Sie will weiter nach Bertsdorf. Dort wartet sie auf dich und auch auf mich."

„Das geht mir alles viel zu schnell!", sagte Thomas. „Du befreist einen Novizen, der sich als Mädchen entpuppt hat, der wahrscheinlich zwei Mönche ermordet hat und auf dich und Andreas im nächsten Dorf wartet. Heißt das: Du hast dich in das Mädchen verliebt?"

Michael nickte.

„So ist es", antwortete er, „und ich habe Anna geglaubt, als sie mir sagte, dass sie mit dem Tod der beiden Mönche nichts zu tun hat."

„Ja, Anna sagt die Wahrheit", bemerkte Andreas. „Sie hat die beiden Mönche nicht getötet."

Er erzählte, warum er und seine Schwester Anna in dieses Kloster gekommen sind: „Wir sind Waldenser und stammen aus Angermünde. Dort hat der Inquisitor Petrus Zwicker vor einigen Wochen unsere Brüder und Schwestern verhört und zum Abschwören ihrer angeblichen Ketzerei gezwungen. Auch unsere Familienangehörigen. Anna und ich waren zu der Zeit in Erfurt. Dort lebt ein Onkel von uns mit seiner Frau und fünf Kindern. Als meine Tante erkrankte, brauchten sie Hilfe. Anna und ich haben uns dort einquartiert und sie unterstützt. Anna ging unserer Tante als Hausmädchen zur Hand, ich fand in Erfurt Arbeit als Steinmetz.

Als meine Tante wieder gesund war, kehrten wir nach Angermünde zurück. Wir erfuhren von den Gräueltaten des Petrus Zwicker.

Die Franziskaner, die dort in ihrem Kloster leben waren willige Helfer des Inquisitors. Zwicker hatte mit ihrer Hilfe mehrere hundert Zeugen befragt und diejenigen verhört, die sie als Waldenser angeschwärzt haben. Auch unseren Vater, unsere Mutter, unsere Großmutter, unseren Großvater, meinen älteren Bruder und meine jüngere Schwester.

Viele unserer Brüder und Schwestern haben der angeblichen Ketzerei abgeschworen. Sie kamen glimpflich davon, erhielten vom Inquisitor die Absolution, mussten sich große, blaue Büßerkreuze auf die Gewänder nähen und in der Öffentlichkeit tragen.

Unsere Familienangehörigen haben ihrer religiösen Überzeugung nicht abgeschworen. Deshalb hat Petrus Zwicker sie foltern lassen. Meine jüngere Schwester wurde mit der sogenannten Ketzergabel gequält. Ein Folterwerkzeug, dessen Spitzen sich immer tiefer in das Fleisch unter ihrem Kinn und in ihr Brustbein bohrten. Sie schwor der Ketzerei ab und starb.

Unsere Mutter und unsere Großmutter wurden auf eine schräg liegende Tischplatte festgebunden. Dann schüttete ein Folterknecht ihnen mehr als acht Liter Wasser in die Münder. Am Abend waren beide erstickt.

Unseren Vater, unseren Großvater und meinen älteren Bruder haben sie mit Hilfe einer Seilwinde auf die Spitze einer hölzernen Pyramide gesetzt. Sie ließen sie schaukeln und haben sie immer wieder auf die Spitze fallen lassen. Die drei haben nicht abgeschworen, aber sie überlebten diese Folter nicht."

Andreas konnte nicht mehr weitersprechen, denn seine Stimme versagte. Tränen liefen ihm über die Wangen. Er saß einen Moment regungslos da. Dann schüttelte er den Kopf, so als wollte er das, was er eben erzählt hatte, immer noch nicht glauben. Er stand auf, schlug die Hände vor sein Gesicht und schluchzte leise.

Betroffen schauten die Parler-Brüder Andreas an. Michael hätte ihn gern getröstet, aber er hatte das Gefühl, dass jeder Ausdruck von Mitgefühl jetzt unpassend war. Er sagte nur: „Erzähle bitte weiter!"

Andreas fuhr fort: „Ihr fragt euch jetzt vielleicht, woher ich von den Folterungen meiner Familienangehörigen weiß? Nicht nur die Franziskanermönche, auch zwei Henkersknechte aus Angermünde waren dem Inquisitor zu Diensten, und sie haben überall damit geprahlt, dass sie Waldenser gefoltert haben. Die Namen zweier Mönche haben sie immer wieder genannt: Pirmin und Viktor. Sie haben die Folterungen im Auftrage des Inquisitors befohlen und überwacht. Selbst haben sich die frommen Herren die Finger aber nicht mit Blut beschmiert.

Anna und ich erfuhren von all diesen Gräueltaten, als wir nach Angermünde zurückgekehrt waren. Diese Mörder im Namen des Herrn haben unsere Familienangehörigen getötet und eine kleine Stadt in Angst und Schrecken versetzt.

Wir erfuhren, dass der Inquisitor und seine beiden Folterer, Pirmin und Viktor, die Stadt verlassen und zum Kloster Oybin zurückgekehrt waren. Anna und ich schmiedeten einen Plan. Wir wollten ihnen folgen, uns Zugang zum Kloster verschaffen, unsere Familie rächen und den Inquisitor und seine Folterer töten.

Anna machte sich, als Junge verkleidet, zuerst auf den Weg. Sie ritt von Angermünde bis Bertsdorf. Auf dem Weg dorthin übernachtete sie im Freien. In Bertsdorf besuchte sie Freunde, die mit uns sympathisieren und wandernde Waldenser-Prediger und -Handwerker beherbergen. Dort ließ sie ihr Pferd zurück.

Dann ging Anna die letzten Kilometer weiter zum Oybin. Ihr Ziel war, Novize der Cölestiner zu werden. Das war kein

Problem für sie. Meine kleine Schwester hat sie alle getäuscht. Alle Mönche glaubten, sie wäre ein Junge.

Am Morgen des Tages, an dem wir in diesem Kloster eintrafen, hat Anna ein angesengtes Stück Holz und ein blutbeschmiertes Messer an den Reisewagen des Inquisitors gehängt. Unser Droh- und Rachesymbol. Nachts traf ich mich heimlich mit Anna. Wir überlegten, wie wir den Inquisitor und die beiden Mönche töten könnten. Aber ehe wir unsere Pläne in die Tat umsetzen konnten, wurden Pirmin und Viktor tot aufgefunden. Wer sie getötet hat, weiß ich nicht. Einer muss uns zuvorgekommen sein."

„Eigentlich solltet ihr froh darüber sein, dass ihr nicht zu Mördern geworden seid", bemerkte Michael.

„So kannst du das auch sehen", bemerkte Andreas. „Aber unterschätze mich nicht. Der Inquisitor wird mir nicht entkommen."

„Bete lieber, dass deiner Schwester die Flucht gelingt", sagte Thomas. „Spätestens zum Gottesdienst Non werden die Mönche ihren Bruder Zacharias vermissen. Dann muss einer nachschauen, warum er aus dem Wehrgeschoss noch nicht zurückgekehrt ist. Er wird seine Hilfeschreie aus dem Kellerverlies hören und ihn befreien."

„Ohne Schlüssel?", fragte Michael.

„Du kannst dich darauf verlassen, dass der Cellerar einen zweiten Schlüssel hat", antwortete Thomas. „Und wenn Mönch Zacharias wieder frei ist, wird er allen erzählen, wer ihn niedergeschlagen und Anna befreit hat."

„Er hat mich nicht gesehen", sagte Michael. „Da bin ich sicher."

„Egal!", fuhr Thomas fort. „Der Prior wird auf jeden Fall einen Suchtrupp zusammenstellen, der die Umgebung des Klosters durchkämmt, um die flüchtige Anna zu finden. Ich hoffe, sie hat dann einen ausreichenden Vorsprung, um Bertsdorf zu erreichen."

„Das hoffe ich auch", sagte Andreas. „Und weil ich mir um sie Sorgen mache, werde ich euch verlassen und nach Bertsdorf reiten. Ich weiß nicht, ob ich Anna einholen kann. Sie wird über Waldwege versuchen, den Ort zu erreichen."

„Das ist eine gute Idee", stimmte ihm Michael zu. „Du kannst Anna in Bertsdorf beschützen."

„Das will ich gern tun", sagte Andreas. „Aber Zwicker wird mir nicht entkommen. Ich werde ihn verfolgen, und wenn es sein muss, bis ans Ende der Welt. Er hat meine Familienangehörigen töten lassen und dafür wird er büßen."

„Ich würde an deiner Stelle genauso handeln", sagte Thomas. „Aber erst einmal wollen wir dir für deine geleistete Arbeit einen angemessenen Lohn zahlen."

Thomas zog aus einer Tasche seiner Tunika einen kleinen Lederbeutel. Er nahm daraus einige Münzen und gab sie Andreas.

„Ich danke euch noch einmal, dass ich mit euch zusammenarbeiten durfte", sagte Andreas."

Andreas verließ die Bauhütte und ging den Oybin hinauf, um sein Pferd und sein Gepäck zu holen. Es dauerte nicht lange, da hörte Michael Pferdegetrappel. Gemeinsam mit Thomas verließ er die Bauhütte. Andreas stieg vom Pferd und wollte sich von den beiden verabschieden.

„Oben ist noch alles ruhig", sagte er. „Sie haben Mönch Zacharias anscheinend noch nicht vermisst. Das ist gut für Anna. Sie ist schnell zu Fuß und wird auf dem Weg schon gut vorangekommen sein."

„Das hoffe ich auch", sagte Michael. „Richte ihr liebe Grüße von mir aus und sage ihr, dass ich so schnell wie möglich nach Bertsdorf komme. Thomas und ich müssen hier aber erst unsere Arbeit erledigen. Sag Anna, sie soll dort auf mich warten."

„Das will ich ihr gern ausrichten", sagte Andreas. „ Bis bald in Bertsdorf und danke für alles!"

Zum Abschied umarmte er Michael und Thomas.

Andreas schwang sich wieder in den Sattel seines Pferdes, winkte noch einmal und verließ den Platz vor der Bauhütte. Michael und Thomas sahen, wie er in Richtung Meierhof ritt und dann hinter den Gebäuden verschwand.

Die Verfolgung

Der unglückliche Mönch Zacharias musste einige Stunden im Verlies des Wehrgeschosses verbringen. Während der Gebetszeit Non wurde er von seinen Brüdern vermisst.

Der Prior machte sich persönlich auf den Weg zum Kaiserhaus. Er sah, wie ein Reiter, der die blaue Schürze der Steinmetze trug, durch den vierten Torturm den oberen Burghof verließ. Das ist doch der Steinmetz Andreas, dachte er. Warum arbeitet er nicht in der Bauhütte?

Petrus Zwicker betrat das Kaiserhaus und ging hinunter ins Wehrgeschoss. Er hörte Hilfeschreie. Sie kamen aus dem Kellerverlies, in das er den Novizen hatte einsperren lassen.

Der Prior erkannte die Stimme des Bruders Zacharias und wusste, was passiert war. Der Dummkopf hat sich von dem Novizen übertölpeln lassen, dachte er. Der ist ihm entwischt und hat ihn eingesperrt.

Petrus Zwicker ging zur Amtsstube des Cellerars und ließ sich von ihm einen Zweitschlüssel des Kellerverlieses geben. Dann kehrte er gemeinsam mit Bruder Anselm in das Wehrgeschoss des Kaiserhauses zurück. Sie befreiten Bruder Zacharias aus dem Verlies. Der verließ den Kellerraum und warf sich dem Prior vor die Füße.

„Steh' auf, Unglücklicher", wies ihn Petrus Zwicker mit scharfem Ton zurecht. „Ich erwarte eine Erklärung!"

„Ehrwürdiger Vater", sagte Bruder Zacharias mit unterwürfigem Tonfall, „als ich die Tür des Kellerverlieses aufgeschlossen habe, um dem Gefangenen das Brot und das Wasser zu reichen, wurde ich von hinten niedergeschlagen. Jemand muss mir ins Wehrgeschoss gefolgt sein, hat den Gefangenen befreit und mich eingesperrt. Ich bitte um Vergebung, dass ich mich so tölpelhaft verhalten habe!"

Petrus Zwicker sah Bruder Zacharias mit einem herablassenden Gesichtsausdruck an.

„Hast du Dummkopf den, der dich niedergeschlagen hat, erkannt?"

„Nein", antwortete Bruder Zacharias. „Es ging alles so schnell. Ich habe ihn nicht erkannt."

„Verschwinde aus meinen Augen", sagte der Prior. „Ich werde dich für dein dümmliches Verhalten züchtigen lassen."

Die drei Männer verließen das Wehrgeschoss des Kaiserhauses. Der Prior schickte Bruder Zacharias in die Klosterkirche und trug ihm Gebete zur Buße auf. Dann machte er sich gemeinsam mit seinem Cellerar auf zum dritten Torturm.

„Kennst du unseren Novizen Simon?", fragte Petrus Zwicker den Turmwächter.

„Ja, ich kenne ihn, ehrwürdiger Vater", antwortete der.

„Hat er allein oder in Begleitung durch dieses Tor während der letzten Stunde unser Kloster verlassen?"

„Nein, ich habe ihn während der letzten Stunde nicht gesehen", antwortete der Turmwächter. „Weder allein, noch in Begleitung."

„Das wollte ich wissen", sagte der Prior nachdenklich und zu seinem Cellerar gewandt: „Dann kann er nur über die Felswand ins Tal geklettert sein."

„Oder durch den Geheimgang", bemerkte Bruder Anselm. „Alle Mönche kennen ihn. Simon sicher auch."

„Ihr habt recht", stimmte der Prior ihm zu. „Simon ist sicher durch den Geheimgang geflohen. Stellt einen Suchtrupp zusammen. Mönche und Arbeiter, die sich dafür eignen. Nicht solche Dummköpfe wie Bruder Zacharias. Bruder Vitus kann die Gruppe führen. Sie soll unsere Jagdhunde mitnehmen. Lasst die Tiere an Simons Kutte schnuppern, sodass sie seine Fährte finden können."

„Sehr wohl, ehrwürdiger Vater", erwiderte der Cellerar und verbeugte sich. „Ich werde alles veranlassen."

Eine halbe Stunde später verließ der Suchtrupp durch den Geheimgang das Oybiner Kloster. Die Jagdhunde hatten Witterung aufgenommen.

Petrus Zwicker ging den Berg hinunter zur Bauhütte. Andreas war ihm verdächtig. Warum hatte er sein Pferd aus dem Pferdestall geholt und war den Berg hinunter geritten? Für seine Arbeit in der Bauhütte brauchte er kein Pferd. Hatte Andreas Simon aus dem Kellerverlies befreit?

Petrus Zwicker wollte Antworten auf diese Fragen finden und Andreas verhören.

ϥ

Ausgetrickst

Als Anna das Kloster durch den Geheimgang verlassen hatte, versuchte sie die Himmelsrichtung zu bestimmen.

Die Sonne stand während der Mittagszeit im Süden. Um Bertsdorf zu erreichen, musste sie aber in die nördliche Richtung gehen. Also folgte sie mit der Sonne im Rücken einem schmalen Pfad, der durch ein Waldgebiet führte.

Zwischendurch verlor Anna den Weg und musste durch das Unterholz eines Buchenwaldes gehen. Dort kam sie nur langsam voran. Sie fand den Weg aber wieder und folgte ihm. Er schien in Richtung Norden zu führen, denn sie hatte die Sonne immer noch im Rücken.

Nachdem Anna fast zwei Stunden gegangen war, ließen ihre Kräfte nach. Sie schwitzte, denn die Luft war schwül und warm.

Anna dachte daran, eine Pause zu machen, zwang sich aber weiterzugehen, denn sie war nicht sicher, wie schnell ihr ein Suchtrupp folgen würde. Sie wollte noch bis zum Bach durchhalten, den sie kurz vor Bertsdorf überqueren musste. Den hatte sie auch passieren müssen, als sie von Bertsdorf zum Oybin gegangen war.

Bis zu diesem Gewässer wollte sie noch gehen und dort eine Pause machen. Sie freute sich schon auf das kühle, klare Wasser, von dem sie auch schon vor einigen Tagen auf dem Weg zum Oybin getrunken hatte.

Anna fürchtete nicht nur Verfolger, sondern auch Räuber, die in diesem Wald vielleicht ihr Lager hatten und Reisende ausraubten. Aber auf ihrem Weg war ihr bisher noch kein Mensch begegnet.

Doch dann stockte Anna der Atem. Sie hörte leises Hundegebell. Ist das der Suchtrupp, dachte sie und konnte nicht verhindern, dass ihr Körper vor Angst zu zittern begann.

Anna lief nun im Laufschritt über den Waldpfad. Aber das Hundegebell wurde lauter. Jetzt konnte sie auch Männerstimmen hören.

Anna versuchte noch schneller zu laufen, aber sie hatte das Gefühl, dass sie ihre Verfolger nicht abschütteln konnte. Und dann sah sie den Bach und beschleunigte noch einmal ihre Schritte.

Anna erreichte das Ufer des Baches und überlegte, was sie tun konnte. Der Prior hat die Jagdhunde sicher an meiner Kutte schnuppern lassen, dachte sie, und dann haben die meine Spur gefunden.

Der Bach war nicht allzu tief. Sie konnte ihn mühelos überqueren. Aber ihre Verfolger und die Hunde auch. Die würden auf der anderen Seite des Baches ihre Fährte wieder aufnehmen. Sie musste den Suchtrupp austricksen? Aber wie?

In diesem Moment tauchte auf der anderen Seite des Baches ein Reiter auf.

„Anna!", rief er lachend. „Gott sei dank, habe ich dich gefunden."

Anna hätte vor Freude Luftsprünge machen können.

„Andreas! Gut, dass du da bist! Ein Suchtrupp verfolgt mich. Hörst du die Jagdhunde bellen?"

„Ich höre sie", antwortete Andreas und ließ sein Pferd im Schritttempo durch das flache Wasser des Baches zur anderen Uferseite gehen. Er half Anna beim Aufsitzen.

„Keine Angst, kleine Schwester", sagte er tröstend, „sie werden uns nicht einholen."

„Auch wenn sie uns nicht einholen, können die Jagdhunde meiner Fährte bis Bertsdorf folgen", gab Anna zu bedenken. „Sie werden uns finden!"

„Was sollen wir tun?", fragte Andreas.

Die Stimmen der Verfolger und das Gebell der Hunde wurden lauter. Bald musste die Gruppe den Bach erreicht haben.

„Ich weiß, wie wir sie abschütteln können", sagte Anna. „Wir reiten nicht über den Bach, sondern eine längere Strecke durch den Bach."

„Was soll das bringen?", fragte Andreas.

„Das erkläre ich dir später", antwortete Anna. „Schnell, Andreas! Reite los! Sie sind bald in Sichtweite!"

Andreas hörte auf Anna und ritt eine längere Strecke durch das flache Wasser in die südwestliche Richtung.

„Siehst du den Weg dort auf der anderen Seite des Baches?", fragte Anna

„Ich sehe ihn", antwortete Andreas.

„Nach dem Stand der Sonne zu urteilen, müsste er nach Bertsdorf führen", sagte Anna. „Wir sollten jetzt den Bach verlassen und über diesen Weg weiterreiten."

„Einverstanden!", sagte Andreas und lenkte sein Pferd aus dem Bach heraus auf den Waldweg.

Das Gebell der Hunde war nur noch ganz leise zu hören.

„Ich wette, sie haben unsere Spur verloren", sagte Anna lächelnd.

„Manchmal hast du gute Ideen", lobte Andreas anerkennend. „Ich hoffe nur, dass sie nicht auf die Idee kommen, den Bach zu überqueren und bis zu diesem Weg zu gehen. Hier würden die Jagdhunde unsere Fährte wieder finden."

„Für so intelligent halte ich sie nicht", meinte Anna, „aber wir sollten uns noch nicht zu früh freuen. Vielleicht kommen sie doch noch auf die Idee, uns im ganzen Dorf zu suchen."

Unter Mordverdacht

Als Michael die Tür seiner Werkstatt öffnete, sah er den Prior und den Cellerar kommen.

„Welch hoher Besuch", begrüßte er die beiden Klosteroberen mit leicht spöttischem Tonfall. „Ich vermute mal, es interessiert euch, wie weit unsere Arbeit fortgeschritten ist. Oder?"

„Auch", antwortete der Prior. „Hauptsächlich sind wir aber gekommen, um euren Mitarbeiter, den Steinmetz Andreas, zu einem Verhör vorzuladen."

„Ich muss euch enttäuschen", sagte Michael. „Er hat eben die Bauhütte verlassen."

„Er hat die Bauhütte verlassen?", fragte der Prior erstaunt. „Warum?"

„Weil wir keine Arbeit mehr für ihn hatten", mischte sich Thomas in das Gespräch ein. Er hatte seine Werkstatt verlassen und war an Michaels Seite getreten.

„Ich glaube eher, dass er geflohen ist", sagte der Prior.

„Warum sollte Andreas fliehen?", fragte Thomas. „Er konnte mir bei den letzten Feinarbeiten am Tympanon nicht mehr helfen. Auch bei der Anbringung der Goldplättchen an den Gewölberippen wäre er Michael keine große Hilfe gewesen. Davon versteht Andreas nichts. Er ist gelernter Steinmetz."

„Wir haben ihn für seine Arbeit bezahlt und uns von ihm verabschiedet", ergänzte Michael. „Ich hatte nicht den Eindruck, dass er auf der Flucht war."

„Es fällt mir schwer, euch das zu glauben", sagte er Prior. „Ich verdächtige den Steinmetz Andreas, unseren ehemaligen Novizen Simon aus dem Kellerverlies, in das ich ihn einsperren ließ, befreit zu haben. Simon ist geflohen. Euren Gehilfen Andreas habe ich kurz danach gesehen. Er ritt durch den vierten Torturm den Berg hinunter."

„Andreas hat aus unserem Schlafsaal sein Gepäck und aus dem Stall sein Pferd geholt", stellte Thomas fest. „Wollt Ihr etwa behaupten, wir hätten Andreas zur Flucht verholfen?"

„Ich glaube nicht, dass euer Mitarbeiter Andreas unser Kloster verlassen hat, weil er seine Arbeit erledigt hat", erwiderte Petrus Zwicker. „Auch werde ich herausfinden, ob ihr ihm dabei geholfen habt."

Thomas ging einen Schritt auf den Prior zu und fragte mit zynischem Tonfall: „Ihr wollt herausfinden, ob wir Andreas bei der Flucht geholfen haben? Durch ein Verhör? Dass ich nicht lache! Ihr glaubt doch nicht im Ernst, dass wir uns von Euch verhören lassen? Ich muss Euch enttäuschen. Entweder Ihr glaubt uns oder Ihr lasst es bleiben."

Michael sah, wie die Zornesader des Priors stark anschwoll und hatte Mühe, sich ein Grinsen zu verkneifen. Aber dann stockte ihm der Atem. Wie gebannt sah er auf das Kreuz, das Petrus Zwicker als Halsschmuck trug. Es war silberfarben, mit zwei Edelsteinen verziert.

Michael war sicher, dass es das Kreuz war, das neben dem toten Bruder Pirmin in der Schlucht gelegen hatte. Er erinnerte sich an den Gesichtsausdruck des Bruders Viktor. Der hatte auf das Kreuz geschaut, als ob ihm der Leibhaftige erschienen wäre. Warum? Weil er das Kreuz seines Priors sah.

Und daraus zog Michael den Schluss, dass Petrus Zwicker Bruder Pirmin in die Schlucht gestoßen hatte. Und dann dachte er an das Rachesymbol der Waldenser, das im Kapitelsaal hing, als Bruder Viktor dort erstochen aufgefunden wurde. Das Holzstück war halb versengt und so seltsam krumm geformt.

„Ehrwürdiger Vater", sagte Michael mit ironischem Tonfall. „Das Kreuz, das Ihr als Halsschmuck tragt, kommt mir sehr bekannt vor. Es lag neben dem toten Bruder Pirmin in der Schlucht. Ihr habt ihn hinuntergestoßen. Bevor er fiel, hat er sich noch gewehrt und Euch das Kreuz vom Hals gerissen. Bruder Viktor hat es Euch wieder zurückgegeben."

„Ihr wagt es, mich des Mordes an Bruder Pirmin zu bezichtigen?", fragte Petrus Zwicker, und seine Stimme bebte vor Erregung. „Eure Vorwürfe sind absurd."

„Ihr habt Bruder Pirmin ermordet", fuhr Michael unbeeindruckt fort, „weil Ihr Angst hattet, dass er immer mehr von Euren Folterpraktiken in Angermünde erzählt. Das Gesicht des Mädchens, das Bruder Pirmin verfolgte, war das Gesicht einer Waldenserin, die Ihr habt foltern lassen."

„Ihr redet Euch um Kopf und Kragen", sagte Petrus Zwicker.

„Eure Drohung beeindruckt mich nicht", sagte Michael. „Ich bezichtige Euch auch des Mordes an Bruder Viktor. Ihr habt ihn mit dem Messer getötet, dass an Eurem Reisewagen hing. Neben dem Messer hing ein halb angesengtes, krummes Stück Holz.

Simon hatte das Messer und das Holz als Rachesymbol der Waldenser an Euren Reisewagen gehängt, aber nicht in den Kapitelsaal. Warum konnte er das nicht? Weil Bruder Anselm die Sachen, nachdem er sie vom Wagen entfernt hatte, Euch ausgehändigt hat.

Mit dem Messer, das an Eurem Reisewagen hing, habt Ihr Bruder Viktor während seiner Totenwache erstochen. Auch diesen Mord wolltet Ihr Eurem Novizen in die Schuhe schieben und habt das blutbeschmierte Messer und das so seltsam krumm geformte, angesengte Stück Holz, das an Eurem Reisewagen hing, im Kapitelsaal aufgehängt. Bruder Viktor musste sterben, weil er Euer Kreuz gefunden und Euch zurückgegeben hat. Ihr konntet davon ausgehen, dass er Euch für Bruder Pirmins Mörder hielt. Als er Euer Kreuz mit der zerrissenen Kette fand, musste er zu diesem Schluss kommen."

„Diese Mordvorwürfe gegen mich werden für Euch und Euren Bruder unangenehme Folgen haben", drohte Petrus Zwicker mit hasserfüllter Stimme. „Ich werde euch wegen eurer Kontakte zu ketzerischen Waldensern anklagen. Ihr könnt euch darauf einstellen, dass ihr euch vor meinem Inquisitionsgericht verantworten müsst."

„Ihr wagt es, meinem Bruder und mir mit Eurem Inquisitionsgericht zu drohen?", schaltete sich Thomas in das Gespräch ein. „Ich rate Euch: Übernehmt Euch nicht! Mein Bruder und ich werden gegen Euch Anklage wegen Mordes erheben."

„Ich rate euch: Verlasst auf schnellstem Wege unser Kloster", sagte Petrus Zwicker mit leiser, drohender Stimme. „Ich will euch hier nicht mehr sehen. Bruder Anselm, begutachtet bitte die bisher geleistete Arbeit unserer Gäste und entlohnt sie dafür."

Wütend verließ der Prior die Bauhütte.

Bruder Anselm begutachtete das fast fertige Tympanon und die zahlreichen Blattgoldplättchen, die nur noch auf die

Gewölberippen der Kaiserkapelle aufgetragen werden mussten. Dann führte er Michael und Thomas in seine Amtsstube und zahlte ihnen den Lohn für Ihre Arbeit.

Die Parler-Brüder packten ihre Sachen und verließen mit ihren beiden Pferden und ihrem Packpferd das Kloster. Sie ritten in Richtung Bertsdorf.

Abschied vom Oybin

Als Michael und Thomas hoch zu Ross das Kloster der Cölestiner verlassen hatten, kam ihnen der Suchtrupp mit den Jagdhunden entgegen. Schweigend gingen die Mönche und die Bauarbeiter an ihnen vorbei.

Sieht nicht so aus, als ob ihre Suche erfolgreich war, dachte Michael. Er freute sich, dass sie Anna nicht gefunden hatten.

Am Schluss des Suchtrupps ging Rupert mit einem Jagdhund.

„Grüß dich Rupert!", sprach Michael ihn an. „Habt ihr die Jagdhunde ausgeführt?"

„Ich grüße euch auch", erwiderte Rupert und schüttelte den Kopf. „Wir haben Simon gesucht. Er ist aus dem Kellerverlies ausgebrochen und hat das Kloster durch den Geheimgang verlassen. Unsere Hunde haben an seiner Kutte gerochen und konnten so seine Fährte aufnehmen."

„Wie ich sehe, habt ihr ihn trotzdem nicht gefunden", stellte Thomas fest.

„An einem Bach haben wir seine Spur verloren", erzählte Rupert weiter und fügte leise hinzu: „Eigentlich bin ich ganz froh, dass ihm die Flucht gelungen ist."

„Lass das nicht den Prior hören", sagte Michael grinsend.

„Dann wird er dich entlassen, so wie er uns entlassen hat."

„Er hat euch entlassen?", fragte Rupert erstaunt.

„Ja", antwortete Thomas, „wir hatten eine Meinungsverschiedenheit mit ihm."

„Das kann ich nicht glauben", sagte Rupert.

„Es ist aber so", sagte Michael. „Sicher wird er dich jetzt damit beauftragen, das Tympanon fertigzustellen und das Blattgold auf die Gewölberippen zu tupfen."

Rupert schüttelte wieder den Kopf und ging nicht weiter auf Michaels Scherz ein.

„Ich bin froh, dass ich euch hier treffe", sagte er. „Dann kann ich mich ja noch von euch verabschieden. Und eins möchte ich noch loswerden: Ich habe gern mit euch zusammengearbeitet. Lebt wohl!"

Michael und Thomas stiegen von ihren Pferden und umarmten Rupert.

„Leb wohl, Rupert!", sagte Michael. „Du warst uns ein guter Mitarbeiter und Freund."

Thomas und Michael bestiegen wieder ihre Pferde und ritten in Richtung Bertsdorf weiter. Als Michael sich noch einmal umschaute, sah er Rupert winken und hörte seinen Jagdhund bellen.

Michael und Thomas ritten weiter nach Bertsdorf. Dort angekommen, fragten sie einen Jungen nach dem Haus des Sattlers Kronach. Er konnte ihnen den Weg dorthin erklären.

Sie fanden das Holzhaus der Familie Kronach in der Nähe der Kirche. Ihre Pferde befestigten sie an den Metallringen, die an der Hauswand angebracht waren. Dann klopfte Michael an die Haustür.

Kurz darauf wurde die Tür geöffnet und eine schlanke junge Frau erschien.

„Wir sind Michael und Thomas Parler", stellte Michael sich und seinen Bruder vor.

„Das ist ja eine Überraschung", erwiderte die Frau, lächelte und strich sich die langen, blonden Haare aus dem Gesicht. „Ich bin Magdalena Kronach. Kommt herein! Anna und Andreas werden sich freuen!"

Michael und Thomas betraten das Fachwerkhaus und begrüßten die Frau mit Handschlag.

Magdalena Kronach führte die beiden in den Wohnraum, in dem ein großer Eichentisch, eine Bank und vier Schemel standen. Auf der Bank saßen Anna und Andreas und aßen Hirsebrei und Schweinefleisch.

Als Anna Michael und Thomas sah, stieß sie einen Freudenschrei aus, verließ ihren Platz und umarmte Thomas. Dann legte sie ihre Arme um Michaels Hals und küsste ihn zärtlich.

„Ich freue mich so, dass du so schnell gekommen bist", sagte sie und küsste ihn noch einmal. „Kannst du mir auch sagen, warum?"

Auch Michael war glücklich, dass er Anna so schnell wieder getroffen hatte und antwortete lachend: „Der Prior hat uns entlassen".

„Sicher wegen Unfähigkeit", sagte Andreas grinsend, stand von seinem Platz auf und umarmte Michael und Thomas.

„Ich gehe mal zur Werkstatt rüber und hole meinen Mann", sagte Magdalena und verließ den Wohnraum. Michael und Thomas folgten ihr.

Als sie den Raum neben der Wohnstube betraten, sah Michael, dass hier die Sattlerei-Werkstatt des Peter Kronach war. Der bearbeitete gerade einen Pferdesattel mit einem Prägewerkzeug und verzierte ihn so mit einem Muster.

„Wir haben Besuch", sagte Magdalena Kronach zu ihrem Mann. „Thomas und Michael Parler!"

Peter Kronach unterbrach seine Arbeit und begrüßte Michael und Thomas mit Handschlag.

„Thomas, Michael, seid willkommen in meinem Haus!", sagte er und lächelte freundlich. Dann ging der große, breitschultrige Mann gemeinsam mit Thomas, Michael und seiner Frau in die Wohnstube.

Peter Kronach holte seinen besten Wein und bot auch den Parler-Brüdern an, mit ihnen gemeinsam noch von dem Gericht zu essen, das seine Frau Magdalena gekocht hatte: Hirsebrei und Schweinefleisch.

Alle setzten sich an den großen Eichentisch, aßen, tranken und erzählten. Auch die beiden kleinen Töchter der Familie Kronach kamen in die Wohnstube. Die vier- und sechsjährigen Mädchen wollten gern gemeinsam mit den Erwachsen am großen Tisch sitzen, zuhören, dazwischen reden und Milch trinken.

Anna erzählte von ihrer Flucht, ihrem Treffen mit Andreas am Bach und davon, wie sie die Verfolger mit den Jagdhunden ausgetrickst hatte.

Michael und Thomas berichteten von ihrer heftigen Auseinandersetzung mit Petrus Zwicker, von den Mordvorwürfen gegen ihn, von ihrer Drohung ihn anzuklagen und von seiner Reaktion darauf, die Parler-Familie wegen Ketzerei vor sein Inquisitionsgericht zu zitieren.

Keiner von ihnen glaubte, dass es Petrus Zwicker gelingen würde, die Parler wegen angeblicher Komplizenschaft mit Waldensern anzuklagen. Aber auch eine Mordanklage gegen den Inquisitor schien wenig Aussicht auf Erfolg zu haben. Welches kirchliche oder weltliche Gericht würde über einen so mächtigen Inquisitor wie Petrus Zwicker verhandeln und ihn wegen der Morde an Pirmin und Viktor verurteilen? Michael und Thomas wollten es aber auf jeden Fall versuchen.

„Ich schlage vor, wir reiten morgen Früh nach Prag!", sagte Thomas. „Dort können wir eine Anklageschrift gegen Petrus Zwicker verfassen. Die sollten wir König Wenzel persönlich überreichen. Immerhin haben er und Georg von Hohenlohe, der Bischof von Passau, Petrus Zwicker beauftragt, Inquisitionsverfahren gegen Waldenser zu führen. Der König soll wissen, dass der von ihm eingesetzte Ketzerjäger ein gemeiner Mörder ist. Vielleicht wird er ein Verfahren gegen ihn einleiten."

„Wir müssen aber auch den Abt des Cölestinerklosters in Sulmona über die Morde seines Untergebenen informieren", sagte Michael. „Als Prior untersteht Zwicker dem Abt dieses italienischen Klosters."

„Diese Aufgabe will ich gern übernehmen", bot sich Andreas an. „Ich reite nach Sulmona und überbringe die Anklageschrift."

„Einverstanden", sagte Thomas. „Ich glaube, mehr können wir gegen Zwicker nicht unternehmen. Ob man unsere Anklagen gegen den Prior und Inquisitor ernst nimmt und ihn vor ein Gericht stellt, ist fraglich."

„Wir sollten aber alles versuchen, dass diesem Mörder der Prozess gemacht wird", sagte Anna.

„Wenn ihr einverstanden seid, reiten wir also morgen Früh alle gemeinsam nach Prag", schlug Thomas vor. „Wir müssen dort auch Onkel Heinrichs Frau und Kinder über seinen Tod informieren. Er war vermögend, und sein Erbe muss geregelt werden."

Michael, Anna und Andreas waren einverstanden.

Peter Kronach bot allen Gästen in seinem Haus eine Schlafstatt für die Nacht an. Sein Angebot wurde dankend angenommen.

Am nächsten Morgen versammelten sich die Kronachs und ihre Gäste am großen Eichentisch, um zu frühstücken. Magdalena servierte Brot, Käse, Eier, Schinken und Milch. Alle aßen und tranken mit großem Appetit.

Danach verließen die Gäste das Haus des Sattlers. Sie ritten von Bertsdorf zur Handelsstraße, die nach Prag führte.

Michael schaute zu Anna hinüber, die auf ihrem Schimmel neben ihm ritt. Die Kronachs hatten ihr Pferd in der Zeit, als sie im Kloster war, gut versorgt. Es war ausgeruht und sprühte vor Energie. Peter Kronach hatte ihr zum Abschied noch einen selbstgefertigten Sattel mit schönen Verzierungen geschenkt.

„Bist du dir sicher, dass du in Prag mit mir zusammenleben möchtest?", fragte Michael.

„Ja, ich bin mir sicher", antwortete Anna.

„Ich auch", sagte Michael. „Du musst mir nur eins versprechen."

„Was?"

„Gehe nie wieder in ein Kloster!"

ч

Nachwort

Im Frühjahr 2011 besuchte ich gemeinsam mit meiner Frau, meinem Verleger Dr. Sven Lychatz und seinem Sohn August die Burg- und Klosteranlage auf dem Oybin im Zittauer Gebirge. Dieses imposante Baudenkmal mit den Überresten der Leipaburg und des Klosters, in dem 180 Jahre lang Cölestiner gelebt haben, schien mir als Schauplatz für eine historische Kriminalerzählung wie geschaffen.

Ich studierte Sachbücher über die Geschichte der Burg- und Klosteranlage Oybin und wollte meine Geschichte im Jahr 1395 spielen zu lassen. In dem Jahr wurde der Inquisitor Petrus Zwicker dort Prior und Vorsteher der Cölestinerprovinz. Er hatte jahrelang in Angermünde, Erfurt, Böhmen und Österreich Waldenser verfolgen lassen und sie vor sein Inquisitionsgericht zitiert. Dabei halfen ihm Franziskaner-Mönche als willige Spürhunde.

Viele dieser sogenannten Ketzer oder Häretiker zwang er von ihrem Irrglauben abzuschwören. Taten sie es nicht, ließ er sie foltern. Blieben sie trotzdem standhaft, verurteilte er sie häufig zu langen Haftstrafen oder zum Tod auf dem Scheiterhaufen. Die Bürgermeister der Städte, in denen er tätig war, stellten ihm Folterknechte zur Seite und setzten seine Urteile willig in die Tat um.

Ob Petrus Zwicker im Jahr 1395 nach seinem Aufenthalt in

Angermünde auf dem Oybin sein Amt als Prior ausübte, ist geschichtlich nicht überliefert. Ich kann mir aber vorstellen, dass er nach seinen Kreuzzügen gegen die Waldenser immer mal wieder dorthin zurückgekehrt ist, um dort das Kommando zu übernehmen.

Geschichtlich überliefert sind auch nicht die waldensischen Rächer und die Morde des Priors an seinen Helfern. Das alles ist von mir frei erfunden.

Racheaktionen der Waldenser gegen Inquisitoren und ihre „Kettenhunde" haben aber tatsächlich stattgefunden – z. B. der Brandanschlag 1395 auf das Pfarrhaus in Garsten (Österreich), in dem Petrus Zwicker einquartiert war.

Frei erfunden ist auch der Auftrag, den die Parler auf dem Oybin auszuführen hatten. Das Tympanon, so ist historisch belegt, soll aus der Zeit stammen, in der meine Erzählung spielt. Der Teil mit Löwe und kniendem Ritter wurde im Jahr 2000 im Schutt des Klosterhofes gefunden. Vergleiche zu anderen zeit- und objektgleichen Darstellungen dieser Art zeigen, dass dazu eine linke Seite gehört, auf der das Wappen des deutschen Adlers dargestellt ist.

Das Tympanon kann kurz vor der Einweihung der Klosterkirche, 1384, entstanden sein. Vielleicht ist es aber auch später, z. B. 1395 gebaut worden. Es trägt die Handschrift eines Parlers.

Die Blattgoldverzierungen an den Gewölberippen der Kaiserkapelle können vor der Einweihung der Klosterkirche oder auch erst später angebracht worden sein. Auch diese Arbeit beherrschten die Parler.

Die Gebete und Psalmen, die ich in meinen Roman eingebaut habe, sind von den Cölestinern sicher auf Latein gesprochen oder gesungen worden. Der deutsche Text des Gebetes Vaterunser, den Prior Petrus Zwicker, sein Cellerar und Michael Parler sprechen, ist nicht die derzeit übliche ökumenische, sondern die alte katholische Fassung. Sie ist angelehnt an die lateinische Version des Gebetes, die wiederum eine Nachdichtung des griechischen Originaltextes ist.

Ich komme noch einmal auf die Inquisition zurück und stelle die Frage: „Wie bewertet die katholische Kirche heute die Tätigkeit von Inquisitoren wie Petrus Zwicker?" Am 12.3.2000 trug Papst Johannes Paul II. im Wechsel mit anderen hochrangigen Vertretern des Vatikan in Rom öffentlich das Schuldbekenntnis „Mea Culpa" vor. Den Text hatte damals Kardinal Ratzinger verfasst und auch einen Teil davon öffentlich vorgetragen: „Gott, lass jeden von uns zur Einsicht gelangen, dass auch Menschen der Kirche im Namen des Glaubens und der Moral in ihrem notwendigen Einsatz zum Schutz der Wahrheit mitunter auf Methoden zurückgegriffen haben, die dem Evangelium nicht entsprechen."

Der Papst und die Kardinäle hatten aber nicht die Opfer der Inquisition um Verzeihung gebeten, sondern ein weitgehend allgemein gehaltenes Gebet an Gott gerichtet.

Am 3.3.2005 nahm Kardinal Ratzinger zu seinem inoffiziellen Titel „Moderner Inquisitor" im ARD-Magazin „Kontraste" Stellung. Er sagte: „Großinquisitor ist eine historische Einordnung, irgendwo stehen wir ja in der Kontinuität. Aber wir versuchen heute das, was nach damaligen Methoden zum Teil kritisierbar gemacht worden ist, jetzt aus unserem Rechtsbewusstsein zu machen. Aber man muss doch sagen, dass Inquisition der Fortschritt war, dass nichts mehr verurteilt werden durfte ohne ‚inquisito', das heißt, dass Untersuchungen stattfinden mussten." Wenige Wochen nach diesem Interview wurde Kardinal Ratzinger zum Papst gewählt.

Zum Schluss dieses Nachworts möchte ich mich noch bei Dr. Stefan Krabath und Joanna Wojnicz vom Landesamt für Archäologie, Dresden für die Informationen über die Funde der Grabungen auf dem Oybin bedanken.

Anhang

Burg- und Klosteranlage Oybin

Der Schauplatz des Romans

1 = Bauhütte (es ist nicht sicher, ob sie dort stand)
2 = Meierhof
3 = Ritterweg und Torturm an der Ritterbrücke
4 = Rossmühle
5 = Vorburg
6 = Haupttor (Torhaus)
7 = Dritter Torturm
8 = Vierter Torturm
9 = Wirtschaftsgebäude
10 = Amtshaus
11 = Schalenturm
12 = Wohnturm
13 = Vorsaal vor dem Wohnturm
14 = Kaiserhaus
15 = Bergfried
16 = Bibliothek
17 = zwei Kirchtürme
18 = Kirchenschiff
19 = Chorraum (dahinter befindet sich die Kaiserkapelle)

Die Kaiserkapelle (Richtung Osten) 2011

Cölestiner auf dem Oybin

Die Cölestiner lebten nach der Benediktsregel. Ihr klösterliches Leben wurde von vollkommener, individueller Armut, äußerst strikten Fastenregeln und strengen Bußübungen bestimmt. Gottesdienste und Andachten wurden zu Tages- und Nachtzeiten abgehalten: Vigil (erste Gebetszeit des liturgischen Tages) um 2 Uhr nachts; Prim (Gebetszeit zum Taganbruch) um 6 Uhr; Terz um 9 Uhr; Sext um 12 Uhr; Non 15 Uhr; Vesper (Abendgebet) um 18 Uhr.

Ihr Hauptkloster, die Abtei, war St. Spirito del Morrone in Italien. Alle anderen Klöster waren Priorate.

Und wie kamen die Cölestiner auf den Oybin? Es war vor dem Himmelfahrtstag des Jahres 1366. Als die Zittauer Ratsherren in ihrem Rathaus tagten, bekamen sie Besuch. Zwei Cölestiner mit weißer Kutte und schwarzem Schultergehänge zeigten ihnen den Befehl des Kaisers Karl IV., sie auf den Oybin zu führen und sie beim Bau eines Klosters tatkräftig zu unterstützen.

Von 1366 bis 1384 herrschte auf dem Oybin rege Bautätigkeit. Dem Frondienst für feudale Herren gerade entronnen, musste die Bevölkerung wieder Steine schleppen, diesmal für die frommen Gottesdiener.

Der Baumeister der Klosterkirche wird in keiner Chronik erwähnt. Zahlreich aufgefundene Steinmetzzeichen deuten aber auf die Schule von Peter Parler, dem Prager Dombaumeister, hin. Die Kirche ähnelt in ihrer Anlage der Apollinariskirche zu Prag.

Karl IV. hatte 1369 den Siftungsbrief für das Kloster auf dem Oybin ausgestellt. Es wurde dem Stammkloster der Cölestiner in Sulmona untergeordnet. Die Burg aber unterstellte der Kaiser der Krone Böhmens.

Etwa 180 Jahre bestand das Kloster der Cölestiner auf dem Berg Oybin. Mitte des 16. Jahrhunderts lebten nur noch zwei Mönche auf dem Oybin: Prior Christoph Utmann und Bruder Balthasar Gottschalk. Die alten Brüder waren gestorben, und junge Männer zeigten kein Interesse, in den Cölestinerorden einzutreten und sich der strengen Benediktsregel zu unterwerfen,

Nach dem Tode des Priors Utmann im Jahr 1555 wurde Bruder Gottschalk sein Nachfolger. Er, der letzte Mönch, verließ die Burg und starb im Jahre 1568 auf dem Vaterhof, dem Gästehaus der Cölestiner in Zittau.

Auszug aus der Benediktsregel

Kapitel 6: Die Schweigsamkeit

Tun wir, was der Prophet sagt: „Ich sprach, ich will auf meine Wege achten, damit ich mich mit meiner Zunge nicht verfehle. Ich stellte eine Wache vor meinen Mund, ich verstummte, demütigte mich und schwieg sogar vom Guten." Hier zeigt der Prophet: Man soll der Schweigsamkeit zuliebe bisweilen sogar auf gute Gespräche verzichten. Umso mehr müssen wir wegen der Bestrafung der Sünde von bösen Worten lassen.

Mag es sich also um noch so gute, heilige und aufbauende Gespräche handeln, vollkommenen Jüngern werde nur selten das Reden erlaubt wegen der Bedeutung der Schweigsamkeit. Steht doch geschrieben: „Beim vielen Reden wirst du der Sünde nicht entgehen", und an anderer Stelle: „Tod und Leben stehen in der Macht der Zunge." Denn Reden und Lehren kommen dem Meister zu, Schweigen und Hören dem Jünger.

Muss man den Oberen um etwas bitten, soll es in aller Demut und ehrfürchtiger Unterordnung erbeten werden. Albernheiten aber, müßiges und zum Gelächter reizendes Geschwätz verbannen und verbieten wir für immer und überall. Wir gestatten nicht, dass der Jünger zu solchem Gerede den Mund öffne.

Kapitel 7: Die Demut

Laut ruft uns, Brüder, die Heilige Schrift zu: „Wer sich selbst erhöht, wird erniedrigt, wer sich aber selbst erniedrigt, wird erhöht werden." Mit diesen Worten zeigt sich uns also, dass jede Selbsterhöhung aus dem Stolz hervorgeht. Davor hütet sich der Prophet und sagt: „Herr, mein Herz ist nicht überheblich, und meine Augen schauen nicht hochmütig; ich ergehe mich nicht in Dingen, die für mich zu hoch und zu wunderbar sind.

Wenn ich nicht demütig gesinnt bin und mich selbst erhöhe, was dann? Du behandelst mich wie ein Kind, das die Mutter nicht mehr an die Brust nimmt." Brüder, wenn wir also den höchsten Gipfel der Demut erreichen und rasch zu jener Erhöhung im Himmel gelangen wollen, zu der wir durch die Demut in diesem Leben aufsteigen, dann ist durch Taten, die uns nach oben führen, jene Leiter zu erreichen, die Jakob im Traum erschienen ist. Auf ihr sah er Engel herab- und hinaufsteigen.

Ganz sicher haben wir dieses Herab- und Hinaufsteigen so zu verstehen: Durch Selbsterhöhung steigen wir hinab und durch Demut hinauf. Die so errichtete Leiter ist unser irdisches Leben. Der Herr richtet sie zum Himmel auf, wenn unser Herz demütig geworden ist. Als Holme der Leiter bezeichnen wir unseren Leib und unsere Seele. In diese Holme hat Gottes Anruf verschiedene Sprossen der Demut und der Zucht eingefügt, die wir hinaufsteigen sollen.

Die erste Stufe der Demut: „Der Mensch achte stets auf die Gottesfurcht und hüte sich, Gott zu vergessen. Stets denke er an alles, was Gott geboten hat und erwäge immer bei sich, wie das Feuer der Hölle der Sünden wegen jene brennt, die Gott verachten, und wie das ewige Leben jenen bereitet ist, die Gott fürchten. Zu jeder Stunde sei er auf der Hut vor Sünden und Fehlern, die im Denken, Reden, Tun und Wandel durch Eigenwillen, aber auch durch Begierden des Fleisches geschehen.

Der Mensch erwäge: Gott blickt vom Himmel zu jeder Stunde auf ihn und sieht an jedem Ort sein Tun; die Engel berichten ihm jederzeit davon. Der Prophet weist uns darauf hin, dass Gott unserem Denken immer gegenwärtig ist, wenn er sagt: Gott prüft auf Herz und Nieren." „Der Herr kennt die Gedanken der Menschen." Ebenso sagt er: „Von fern erkennst du meine Gedanken. Das Denken des Menschen liegt offen vor dir."

Vor seinen verkehrten Gedanken auf der Hut, spreche der Bruder, der etwas taugt, ständig in seinem Herzen: „Dann bin ich makellos vor ihm, wenn ich mich vor meiner Bosheit in acht nehme." Den Eigenwillen zu tun, verwehrt uns die Schrift, wenn sie sagt: „Von deinem Willen wende dich ab!". Dass aber Gottes Wille in uns geschehe, darum bitten wir ihn im Gebet.

Mit Recht werden wir also belehrt, nicht unseren Willen zu tun, sondern zu beachten, was die Schrift sagt: „Es gibt Wege, die den Menschen richtig erscheinen, die aber am Ende in die Tiefe der Hölle hinab führen." Ebenso zittern wir vor dem Wort, das von den Nachlässigen gesagt ist: „Verdorben sind sie und abscheulich geworden in ihren Gelüsten."

Selbst bei den Begierden des Fleisches ist uns Gott, so glauben wir, immer gegenwärtig. Sagt doch der Prophet zum Herrn: „All mein Begehren liegt offen vor dir." Nehmen wir uns also vor jeder bösen Begierde in Acht; denn der Tod steht an der Schwelle der Lust. Darum gebietet die Schrift: „Lauf deinen Begierden nicht nach!"

Wenn also die Augen des Herrn über Gute und Böse wachen und der Herr immer vom Himmel auf die Menschenkinder blickt, um zu sehen, ob noch ein Verständiger da ist, der Gott sucht, und wenn die Engel, die uns zugewiesen sind, täglich bei Tag und Nacht dem Herrn über unsere Taten und Werke berichten, dann Brüder, müssen wir uns zu jeder Stunde in Acht nehmen, damit Gott uns nicht irgendwann einmal als abtrünnig und verdorben ansehen muss, wie der Prophet im Psalm sagt.

Weil er gütig ist, schont er uns in dieser Zeit und erwartet unsere Bekehrung zum Besseren, damit er uns dereinst nicht sagen muss: „Das hast du getan, und ich habe geschwiegen."

Petrus Zwicker – Prior und Inquisitor

Petrus Zwicker wurde in Orneta in Ostpreußen geboren. Er war im oberlausitzischen Zittau bis 1381 als Schulrektor tätig. Danach trat er in das Cölestinerkloster auf dem Oybin ein. Im Jahre 1395 wurde er dort Prior. Ab 1390 war er auch im Auftrage Roms als Inquisitor unterwegs.

Der Papst ließ Inquisitoren tätig werden, die sogenannte Ketzer oder Häretiker (Abweichler von der Lehre der katholischen Kirche) verfolgen und zum rechten Glauben zurückführen sollten. Wenn sie ihren „Irrglauben" nicht widerriefen, ließen die Inquisitoren sie foltern, ins Gefängsnis sperren oder auf dem Scheiterhaufen verbrennen.

Petrus Zwicker war als Vorsitzender von Inquisitions-Prozessen in Steyr (Österreich), Angermünde, Erfurt, Trnava (Slowakei), Sopron (Ungarn), Enns (Österreich) und Hartberg (Österreich) tätig. Die Opfer dieser Ketzerverfolgungen waren ausschließlich Waldenser. Protokolle dieser Prozesse sind heute noch in Fragmenten erhalten.

In Garsten (Österreich), nahe Steyr, wo Petrus Zwicker 1395 beim örtlichen Pfarrer einquartiert war, wurde auf ihn ein Mordanschlag verübt.

Die Attentäter hatten vorher als Geste der Drohung ein angesengtes Stück Holz und ein blutiges Messer am Stadttor von Steyr befestigt. Der Drohung ließen sie Taten folgen: Sie legten im Garstener Pfarrhof Feuer. Aber der Mordanschlag auf Petrus Zwicker schlug fehl.

Im Jahr 1397 zitierte er in Steyr mehr als tausend Leute zu

Verhören vor sein Inquisitionsgericht und ließ mehr als achtzig Waldenser auf dem Scheiterhaufen verbrennen. An diese Schandtaten der Inquisition erinnert in Steyr ein 1997 errichtetes Denkmal.

Petrus Zwicker starb im Jahr 1403 und wurde auf dem Friedhof von Garsten beerdigt.

Die Waldenser

„Die Armen von Lyon", wie die Waldenser auch genannt wurden, praktizierten eine asketische und arme Lebensweise. Valdes, der diese Glaubensgemeinschaft 1173 in Lyon gründete, war katholisch, wollte sich von der katholischen Kirche auch nicht lösen, sondern lediglich ein radikales Leben in der Nachfolge des armen Christus nach dem Evangelium führen.

Valdes und seine Anhänger wollten umherziehen und das Evangelium verkünden. Sie lebten als Laienprediger ohne Besitz. Weil Valdes die lateinische Bibel nicht lesen konnte, ließ er sie in die Volkssprache übersetzen.

Die Laienpredigt aber, die Schriftauslegung von Leuten ohne Studium und ohne Kontrolle der Bischöfe, beunruhigte allerdings die kirchlichen Würdenträger. Es kam zu Konflikten.

Im Jahre 1179 ersuchten die Waldenser Papst Alexander III. um die Genehmigung ihrer Predigttätigkeit. Er lehnte ab.

Die Waldenser sollten sich entscheiden, dem Bischof oder dem Evangelium zu gehorchen. Viele entschieden sich für das Evangelium und riskierten den Bruch mit dem Papst und den anderen Würdenträgern der katholischen Kirche.

Im Jahre 1182 wurden die Waldenser auf Veranlassung kirchlicher Würdenträger aus Lyon vertrieben. Nach dem Konzil in Verona, 1184, stufte Papst Lucius III. sie in der Bulle „Ad Abolendam" als Ketzer ein.

Die Waldenser beharrten auf bibeltreuere Lesarten der Evangelien und Anschauungen, die jenen der katholischen Kirche zuwiderliefen.

Die norditalienischen Waldener, die „lombardischen Armen" unterschieden sich von den „Armen von Lyon" dadurch, dass sie nicht von Spenden, sondern von handwerklicher Arbeit lebten.

Anfang des 13. Jahrhunderts siedelten sich die ersten Waldenser in Süddeutschland an. Bis 1250 gab es hier bereits starke Gemeinden, insbesondere im österreichischen Donauraum und in Bayern, aber auch in Schwaben und im Rheinland.

In Mittel- und Norddeutschland wurden die Waldenser aber erst Anfang des 14. Jahrhunderts sesshaft. Danach auch in Böhmen, Polen, der Slowakei und Ungarn.

1252 verfasste Papst Innozenz IV. die Bulle Ad exstirpanda (Zur Ausrottung). Alle Häretiker, wie Waldenser und Katharer, wurden darin immer zur Rechtlosigkeit verurteilt.

Zwischen 1335 und 1398 waren die Waldenser Verfolgungen durch die Inquisitoren Gallus von Neuhaus und Petrus Zwicker ausgesetzt. Während des 15. Jahrhunderts verschwanden sie weitgehend aus dem deutschen Sprachraum. Viele waren vor den Inquisitoren geflohen oder wurden in Inquisitionsprozessen zu Tode gefoltert oder auf dem Scheiterhaufen verbrannt. Andere schworen von ihrer angeblichen Ketzerei ab oder schlossen sich der Glaubensgemeinschaft der Hussiten an.

Welche religiösen Auffassungen dieser Religionsgemeinschaft waren nun für die katholische Kirche so bedrohlich, dass sie sie verfolgte? Sie maßen dem persönlichen Bibelstudium und der Verbreitung des Evangeliums durch Laienprediger eine große Bedeutung bei. Sie lebten in freiwilliger Armut bzw. persönlicher Besitzlosigkeit, lehnten die Heiligenverehrung, das Fegefeuer und den Ablass ab. Sie schworen keinen Eid und wollten sich nicht der weltlichen Gerichtsbarkeit unterstellen.

Besonders die Todesstrafe lehnten sie ab. Und auch den Satzungen der katholischen Kirche wollten sie sich nicht unterwerfen.

Die Sprache der Waldenser war das Welsch – die okzitanische Sprache, die in Südfrankreich, Teilen Spaniens und Piemont gesprochen wurde. Welsch war bei den Waldensern in Württemberg noch bis ins 19. Jahrhundert Umgangssprache.

In Deutschland und in Italien leben heute jeweils 30.000 Waldenser, weitere 15.000 noch in Argentinien.

Im Jahre 1997 wurde im österreichischen Steyr zur Erinnerung an die Verfolgung der Waldenser durch den Inquisitor Petrus Zwicker ein Denkmal errichtet.

Auch in der norditalienischen Stadt Pinerolo ließen der katholische Bischof und die Waldensergemeinde ein Monument bauen. Die vom österreichischen Bildhauer Gerald Brandstötter in Bronze gestaltete Rundplastik hat die Form einer großen Flamme und soll die Verbrennung der Waldenser durch die Inquisition darstellen. Hoffnung und Versöhnung symbolisiert eine Mädchengestalt mit erhobenen Händen und mit Blick zum Himmel.

Die Parler

Parler war der Name einer weitverzweigten Dynastie von Baumeistern, Steinmetzen, Bildhauern und Goldschlägern. Sie schufen im 14. Jahrhundert bedeutende Werke gotischer Kunst und Architektur in ganz Europa: z. B. die ersten Bildnisbüsten der Neuzeit, das Heilig-Kreuz-Münster von Schwäbisch Gmünd, Veitsdom und Karlsbrücke in Prag, St. Sebaldus in Nürnberg, den Dom der heiligen Barbara in Kutná Hora, die Münsterkirchen von Ulm, Freiburg und Basel. Sehr wahrscheinlich haben Angehörige der Parler-Dynastie auch die Klosterkirche auf dem Oybin gebaut.

Das gemeinsame Steinmetzzeichen der Familie war das doppelt gewinkelte Maßbrett des Poliers – der Winkelhaken.

Heinrich Parler der Ältere (um 1305 – um 1370), der ersterwähnte Namensträger, war als Parlier der Kölner Dombauhütte tätig. Danach leitete er den Bau des spätgotischen Heilig-Kreuz-Münsters in Schwäbisch Gmünd.

Heinrich Parler soll auch den Chor der Frauenkirche in Nürnberg gebaut haben. Die Entwürfe für das Ulmer Münster und den Chor des Augsburger Doms sollen auch von ihm stammen.

Körperlichkeit und ausdrucksstarke Gesichter waren typisch für seine Skulpturen-Arbeiten als Steinbildhauer.

Heinrichs Sohn Peter (1330 – 1399) soll der genialste Parler gewesen sein. Er erhielt 1352 von Kaiser Karl IV. den Auftrag, den Chor des St.-Veits-Doms zu bauen. 1385 war das Werk vollendet. Auch der Chor der Allerheiligenkirche auf dem Hradschin und die Prager Karlsbrück mit dem Altstädter Brückenturm wurden unter seiner Leitung gebaut. Als Bildhauer entwickelte er einen realistischen Skulpturen-Stil.

Steinmetze, Steinbildhauer und Goldschläger

Im Mittelalter war die Grundlage für die Ausbildung der Steinmetze die Ausbildung zum Maurer. Später, im 15. Jahrhundert, wurde eine 5 – 6-jährige Lehrzeit für den Beruf des Steinmetzes festgelegt.

Zum Bau der Kirchen wurden qualifizierte Handwerker benötigt. Die gotischen Baumeister waren Steinmetze, Steinbildhauer, aber auch Planer und Architekten. Der Bauherr war für den Entwurf zuständig. Dieser wurde anschließend meist von einem Baumeister in die Praxis umgesetzt.

Zum Selbstverständnis der Baumeister, wie Peter Parler, Heinrich Parler der Ältere oder Heinrich Parler der Jüngere, gehörte es, dass sie sich mit ihrem steinernen Porträt oder den Steinmetzeichen in den Bauwerken verewigten.

Es gab drei Steinmetzorganisationen: die Bauhütten an den Domen, die reisenden Bruderschaften und die Zünfte.

Die meisten Steinmetzarbeiten des 14. Jahrhunderts konnten hauptsächlich mit Zweispitzen, Steinbeilen, Hämmern, Holzklöpfeln, Schlegeln, Meißeln, Schroteisen, Winkeleisen, Stechzirkeln, Reißnägeln und Maßbändern durchgeführt werden.

Steinmetze waren im Mittelalter häufig auch als Steinbildhauer tätig. Im Gegensatz zu den Natursteinarbeiten der Steinmetze waren ihre Arbeiten mehr gestalterisch und weniger geometrisch. Viele von ihnen verfügten über künstlerische oder kunsthandwerkliche Fähigkeiten.

Im 13. und im 14. Jahrhundert arbeitete der Steinbildhauer die Figuren frei aus dem Stein heraus. Der im Steinbruch gewonnene Block wurde grob zurechtgehauen. Auf alle vier Seiten des Steins wurden die Umrisse der Figur aufgezeichnet und das überstehende Steinmaterial abgetragen. Die Steinbildhauer arbeiteten Schicht für Schicht des Werksteins ab und hatten dabei stets die gesamte Skulptur im Blick.

Beim Bau von Kirchen waren meist auch Goldschläger beteiligt. Sie vergoldeten Architekturelemente, wie Gewölberippen. Goldschläger stellten in mehreren Arbeitsgängen Blattgold her. Diese Arbeitsgänge erforderten große Geschicklichkeit. Sie waren auch mit enormer körperlicher Anstrengung verbunden. Und wenn die Goldschläger ihre Hämmer auf die Blattgoldplättchen, die auf den Goldschlägersteinen lagen, schlugen, gab es natürlich auch einen ohrenbetäubender Lärm.

Bevor die Goldschläger mit den grünen Schürzen aber das Blattgold behämmern konnten, mussten sie zunächst einmal Gold, meist auch zusätzlich Silber, Kupfer und Platin im Ofen schmelzen lassen und in Formen gießen. Diese Barren (Zaine) ließen sie abkühlen. Dann wurden sie ausgeschmiedet und ausgewalzt.

Das ausgewalzte Band schnitten die Goldschläger dann in quadratische Blätter (Quartiere). Vierhundert bis sechshundert von ihnen stellten sie zwischen Pergamentpapier zu einer Form (Quetsch- oder Pergamentform) zusammen.

Dann legte der Goldschläger diese Form auf einen Marmor- oder Granitblock (Goldschlägerstein) und bearbeitete sie mit dem zwanzigpfündigen Schlaghammer. Unter ständigem Drehen der Form entstand so das Quetschgold.

Dann zerschnitt er die Blätter wieder und schichtete sie zwischen Goldschlägerhaut (aus Embryonalhüllen größerer Säugetiere oder der innersten Hautschicht des Rinderblinddarms), um so eine Lotform zu bilden. Die schlug er so lange mit dem Formhammer, bis die Blätter zu Goldloten verdünnt waren.

Nach erneutem Zerschneiden in vier Teile wurde in der Dünnschlagform ausgeschlagen, und den Abschluss bildete das Garmachen mit dem symmetrischen Doppelhammer.

Nach sechs- bis siebenstündigem, gleichmäßigem Schlagen hatte der Goldschläger das Blattgold endlich hauchdünn ausgeschlagen. Er schnitt es wieder und legte die Blattgoldplättchen vorsichtig mit einer Ebenholzzange zwischen die Seiten eines Buches.

Kleines Lexikon der Fachbegriffe aus der Welt der Cölestiner, der Steinmetze und der Goldschläger

Absolution
Vergebung der Sünden

Benediktsregel
Sie ist eine Mönchsregel. Die Benediktsregel versteht sich als Anleitung für Anfänger im klösterlichen Leben. Benedikt von Nursia hat sie im 6. Jahrhundert verfasst. Seit dem Mittelalter ist sie die Grundlage des Benediktinerordens. Sie wurde auch von den Cölestinern übernommen.

Bleiweißpulver
ist ein basisches Bleicarbonat (Bleisalz der Kohlensäure), ein weißer, fester, giftiger Stoff, der in Wasser nahezu unlöslich ist. Im Mittelalter gewann man Bleiweiß, indem man Bleiplatten zusammen mit einer Schale Essig in ein Gefäß gelegt und unter einem Misthaufen eingegraben hat. So war das Blei Essigdämpfen und Kohlenstoffdioxid ausgesetzt und wurde durch den Fäulnisprozess auf einer konstanten Temperatur gehalten. Nach einigen Wochen bildete sich auf den Bleiplatten eine weiße Substanz, das Bleiweiß. Zur Weiterverarbeitung (z.B. für die Grundierung von Gewölberippen) wurde es zu Pulver gemahlen.

Cellerar

hieß der Kellermeister eines Klosters. Er war der Klosterverwalter und Buchhalter. Auch stand er den Laienbrüdern vor. Er unterstand im Cölestinerkloster in Oybin nur dem Prior. An das Schweigegelübde der Mönche war er nicht gebunden.

Dukaten

waren Goldmünzen, die auch in Böhmen unter Kaiser Karl IV als Zahlungsmittel verbreitet waren. Ein Golddukat war etwa 70 Euro wert.

Göpel

nennt man ein mechanisches Gerät, mit dem durch Menschen oder Pferde eine Antriebskraft erzeugt wird. Die Antriebswelle beim Göpel besteht aus einer hölzernen Säule, die sich um ihre eigene Achse dreht. Oben an der Welle ist der Treibkorb befestigt. Im unteren Bereich der Antriebswelle befinden sich mehrere Hebelarme, mit deren Hilfe die Achse in beide Richtungen gedreht werden kann. In die Welle werden am oberen und am unteren Ende schmiedeeiserne Zapfen eingesetzt. Damit die Welle beim Drehen nicht schleudert, wird der Zapfen zentrisch in die Welle eingefügt. Auf den Treibkorb werden Seile gegensinnig aufgewickelt. Dadurch können zwei Lasten in unterschiedliche Richtungen bewegt werden.

Die Antreiber des Göpels, z. B. Pferde, gehen im Kreis und drehen die senkrecht stehende Welle.

Goldschläger

stellen Blattgold mit einem Federhammer her. Das Gold wird vorher zusammen mit Zusatzstoffen, wie Platin, Silber oder

Kupfer, geschmolzen. Verwendet wird es, um nichtmetallischen Gegenständen das Aussehen von echtem Gold zu geben.

Inquisitor
Als Inquisitoren waren hauptsächlich Bischöfe und Ordensgeistliche tätig. Sie wirkten im Auftrag der römisch-katholischen Kirche vom Beginn des 13. Jahrhunderts bis zu ihrem weitgehenden Verschwinden Ende des 18. Jahrhunderts zur Aufspürung, Bekehrung oder Verurteilung von Häretikern (Ketzern), wie den Waldensern, den Katharern und den Hussiten. Sie ließen Folter bei Verhören einsetzen und verhängten Gefängnis- und Todesstrafen, die von der weltlichen Exekutive vollstreckt wurden.

Kienspan
ist die Bezeichnung für ein harziges Kiefernholzstück.

Novize
So bezeichnet man jemanden, der in ein Kloster eingetreten ist und sich dort nach der formellen Zulassung zum Noviziat in der Ausbildung und Vorbereitung auf das Ordensgelübde befindet.

Prior
Er wird vom Abt, dem Oberhaupt der Abtei, ernannt. Das Kloster Oybin war keine Abtei, sondern ein Priorat. Deshalb wurde dort der Prior Petrus Zwicker vom Abt der italienischen Cölestinerabtei S. Spirio del Morrone, dem Hauptkloster dieser Mönche, eingesetzt.

Psalm

heißt ein poetischer, gottesdienstlicher Text im Christentum und im Judentum. Psalmen sind vor allem die 150 geistlichen Lieder und Gebete des Buches der Psalmen aus dem christlichen Alten Testament und dem jüdischen Tanach.

Steinmetz

Er bearbeitet Steine mit Werkzeugen und Maschinen. Im Mittelalter waren seine Werkzeuge hauptsächlich der Zweispitz (Picke), eine Art Spitzhacke; Schroteisen; Keile zum Lösen der Steinblöcke aus der Felswand; Steinbeile, um ebene Flächen herzustellen; Zahneisen (Flachmeißel mit gezahnter Schneide) zum Abarbeiten der Kanten und im Profilbereich des Steinblocks; außerdem Hämmer, Schlegel, Holzklöpfel, Schroteisen, Winkeleisen, Stechzirkel, Reißnägel und Maßbänder.

Tunika

hieß ursprünglich ein römisches Untergewand. Es wurde im Mittelalter häufig als Obergewand getragen.

Tympanon

ist eine Schmuckfläche über den Eingangsbereichen von Kirchenportalen.

Vaterunser

Das Vaterunser ist das bekannteste Gebet des Christentums. Jesus Christus selbst soll es seinen Jüngern gelehrt haben.

Das Gebet erscheint im Neuen Testament der Bibel einmal im Matthäusevangelium und im Lukasevangelium. Die beiden Fassungen unterscheiden sich nur geringfügig.

Die Cölestiner haben das Vaterunser und auch die anderen Gebete und Psalmen sicher auf Latein gesprochen und gesungen. Nachstehend der lateinische Text des Vaterunser nach der Vulgata-Übersetzung:

Pater noster, qui es in caelis:
sanctificetur nomen tuum.
Adveniat regnum tuum.
Fiat voluntas tua,
sicut in caelo, et in terra.
Panem nostrum supersubstantialem (cotidianum) da nobis hodie.
Et dimitte nobis debita nostra,
sicut et nos dimittimus debitoribus nostris.
Et ne nos inducas in tentationem.
Sed libera nos a malo.
Amen.

Die alte katholische Version des Gebetes in deutscher Sprache, die ich Prior Petrus Zwicker, Michael Parler und Bruder Anselm beten lasse, ist angelehnt an den lateinischen Text. Seit einigen Jahren beten aber Katholiken und Protestanten eine neugeschaffene, ökumenische Fassung des Gebetes.

Quellenverzeichnis

Katholische Schulbibel, Patmos-Verlag, Düsseldorf 1957

Joana Wojnicz, Burg- und Klosteranlage Oybin, Landesamt für Archäologie, Dresden 2002

Frank Nürnberger/Bernd Hauser, Oybin – Juwel des Zittauer Gebirges, Oberlausitzer Verlag, Spitzkunnersdorf 2003

Seifert/Pawlik, Das Buch der Inquisition – Das Originalhandbuch des Inquisitors Bernard Gui, Pattloch Verlag, Augsburg 1999

Internet: Wikipedia (Stichworte: Steinmetz, Blattgold, Goldschläger, Parler, Steinbildhauer, Steinmetzwerkzeuge, Göpel, Waldenser, Inquisition, Klosteralltag)
www.mittelalter-lexikon.de (Parler)
www.kurort-oybin.com (Cölestiner)
www.angermuende.de (Inquisition)
www.theologe.de (Inquisition)
www.kloster-ettal.de (Benediktsregel)

Inhaltsverzeichnis

и

Klaus W. Hoffmann

- geboren 1947 in Dortmund
- studierte Betriebswirtschaft
- war in einem Dortmunder Rechenzentrum
  als EDV-Organisator tätig

- ist seit 1981 als freiberuflicher Autor,
  Komponist und Musiker tätig
- schrieb zahlreiche Geschichten und
  Lieder für Kinder, die als Bücher,
  als Tonträger, im Rundfunk und im
  Fernsehen veröffentlicht wurden

Mitglied im VS (Verband Deutscher Schriftsteller), in der
Gesellschaft für Literatur (NRW) und im P.E.N. Deutschland

1991 Preis der Akademie Volkach „Buch des Monats" für:
     Narrentanz und Hexenreigen (Patmos Verlag 2001)
1981 Preis der Deutschen Schallplattenkritik für das Hörbuch:
     Das Bärenorchester
1980 Preis der Deutschen Schallplattenkritik für das Hörbuch:
     Spielmobil

ebenfalls im Lychatz Verlag erschienen:

»Die Zähne vom Schwarzen Gruhl«
von Henner Kotte

ISBN: 978-3-9813385-6-0

Lychatz Verlag, Leipzig 2010

»Die Falle«
von Gunter Preuß

ISBN: 978-3-9813385-3-9